キャプテン

Captain

Akio Chiba
Akira Yamada

君は何かができる

原作——ちばあきお
小説——山田明

Gakken

墨谷二中　野球部の仲間たち

谷口タカオ――主人公。青葉学院から、墨谷二中に転校してくる。右投げ右打ち。ポジションは、サード。

谷口の同級生――松下（ピッチャー）、小山（キャッチャー）、高木（ショート）、遠藤（レフト）、浅間（センター）。

谷口の一学年下――丸井（セカンド）、加藤（ファースト）、島田（ライト）、河野（ピッチャー）。

谷口の二学年下――イガラシ。

小林詩織――マネージャー。

杉田――顧問の先生。

カバー・本文イラスト ―― loundraw
ブックデザイン ―― arcoinc
編集協力 ―― 宮澤孝子、佐藤玲子
DTP ―― マウスワークス

プロローグ

まだ五月だというのに、まるで真夏のような入道雲が、空にぽっかりと浮《う》かんでいた。

僕《ぼく》は自転車のペダルをこいで、市民公園の中にある野球場を目指していた。空も雲も夏のようだけど、空気だけはまだすっきりと気持ちがいい。

キン、という甲高《かんだか》い音が遠くから聞こえた。

金属バットの音だ。

とたんに胸がグンと高鳴った。ペダルをこぐ足に力が入る。

球場が見えてきた。心臓のドキドキはいっそう高まり、早く早くと、僕を急き立てるように脈打っている。

野球場なんて何度も来ているのに、こんなにもワクワクするのはいつ以来だろう。僕は自転車のカギをかけるのももどかしく、球場の階段を駆《か》け上がっていった。

外野に広がる緑色の芝生《しばふ》。

やや黒味がかった内野の土と、その上に点在する四つの白いベース。

白くまっすぐに伸《の》びたファールライン。

そして、大きく広がる青い空と、白い雲。

それらがくっきりとしたコントラストをもって、目の前に広がっていた。スタンドは内野しかない質素な造りの球場だ。けれど、僕にはどんなテーマパークよりも、楽しさにあふれた場所に見えた。

スコアボードを確認して、グラウンドを見渡《みわた》す。今、守備についているのが墨谷二中《すみやにちゅう》だ。

身を乗り出すようにして、守りにつく選手たちを見守る。

相手バッターの打球が三塁《さんるい》に転がった。サードが捕《と》り、それをファーストに送る。アウト。

やっぱり前の学校とは違う。単純なサードゴロでも、ボールを捕って投げるという一連の動きが、どこか洗練されていない。アウトは取ったが、前の学校だったら「モタモタすんな！やる気があるのか！」と、監督《かんとく》から叱《しか》られるレベルだ。

でも、そこがいいと思った。ここならやっていけそうだ。

チェンジになり、墨谷の選手たちが三塁側のベンチに戻《もど》った。

野球では、一塁側ベンチの応援《おうえん》が一塁側スタンド、三塁側ベンチの応援が三塁側スタンドに陣取《じんど》る。日曜日だからだろうか、大きな大会ではないけれど、スタンドにはちらほらと応援の生徒や父母たちが来ていた。僕は墨谷の応援だけど、墨谷ベンチの様子が見たかったから、あえて一塁側のスタンドに座った。

チームの雰囲気《ふんいき》を観察する。選手たちが、それぞれ楽しそうに話をしているのが見えた。そしてバッターボックスに向かう仲間に、大きな声でなにかを伝えている。

楽しそうでいいなと思う。悪く言えば緩《ゆる》くてのんびり。よく言えばノビノビ野球。そして、もちろん僕はいいほうにとった。自分がこのチームの一員になったところを想像してみる。再び胸がグンと高鳴った。

試合は5回の裏。墨谷が2対3で負けていた。墨谷の選手がバッターボックスに立った。

行け！　スタンドにいるまわりの人たちは敵チームの応援だから、僕は心の中だけで声援《せいえん》を送った。もうすっかり墨谷野球部の一員になった気でいる。

右打席に立ったバッターは、キン、という気持ちいい音とともにバットを振《ふ》り抜《ぬ》いた。打球はライトとセンターの間をコロコロとすり抜け、フェンスの前まで転がっていく。

三塁側のスタンドとベンチから歓声《かんせい》があがった。

打ったランナーは、ファーストを回りセカンドへと走る。相手守備はもたついていた。ランナーコーチが大きく腕《うで》を回す。

行け、スリーベースだ！　心の中で叫《さけ》んだ。今にも声が出そうだった。

ボールが内野に返ってきた。中継《ちゅうけい》に入ったセカンドが、ボールをサードに転送する。

きわどいタイミングになった。

ランナーが頭から滑《すべ》り込《こ》む。スルリとタッチをかいくぐり、サードベースにしがみついた。

セーフ！

「やったあ！」

僕は大声をあげた。

よし、これでノーアウト三塁。確実に1点を取って同点にしよう。それならスクイズか。墨谷は、こんなとき、どんな作戦をとるのだろう。

滑り込んでユニフォームを真っ黒にしたランナーが、ベンチにガッツポーズを送っている。

「ナイスバッティング！　よーし、まずは同点にしよう！」

思わず立ち上がり、僕は大きな声で声援を送った。そして思い出した。ここは敵チームの応援スタンドだということを……。

恐《おそ》る恐るあたりを見回す。

相手チームを応援する人たちの白く冷たい視線が、グッサリと僕に突《つ》き刺《さ》さってきた。恥《は》ずかしくなった僕は、顔を真っ赤にしてそっと席に着いた。

1st

イニング

〈谷口〉

僕《ぼく》の心のどこかに、いつも弱気の虫が隠《かく》れている。

そいつは僕がスキを見せると、すぐに暴れ出そうとする。だから、そうならないように、僕はいつも気をつけなくちゃいけない。

「行かなきゃ……。さあ、行こう！」

実際に声を出して、僕は僕に言った。

目の前に墨谷二中《すみやにちゅう》のグラウンドが広がっている。やはり前の学校と違《ちが》ってかなり狭《せま》い。野球部とサッカー部が、窮屈《きゅうくつ》そうに共存しながら練習をしている。外野だとぶつかったりして危なそうだなと、ちょっと心配に思う。

「行こう」と声にまで出したのに、実際の僕の足は一歩も動かず、僕は野球部の練習を眺《なが》めてしまっていた。

先週、墨谷の試合を観たときは、あんなにもワクワクしたのに、いざ入部を申し込もうとすると、どうしても怖《お》じ気《け》づいてしまう。ゴソゴソと弱気の虫がうごめき始める。

ダメだ。僕はここで野球をやるために転校してきたんじゃないか。

さあ勇気を出せ、とまた自分に声をかけ、僕はグラウンドに向かって走り出した。こんなときは走るに限る。そうすれば余計なことは考えないし、考える時間もない。僕は制服のまま、バックネットのあたりまで息せき切って走っていった。

息を整えて顔を上げると、何人かの野球部の人たちが、不思議そうに僕のことを見ている。

「なんか用？」

背後から、そんな声が聞こえた。振《ふ》り返ると、小柄《こがら》で丸顔の野球部員が怪訝《けげん》そうな顔で僕を見ていた。

「あ……あの、僕は……2年の谷口《たにぐち》タカオといいます。今日、転校してきて……。そ、その、野球部に入ろうかと……」

しどろもどろになってしまった。初対面の人にはどうしても緊張《きんちょう》してしまうのが僕の欠点だ。

「失礼しました！　2年生の方でしたか。俺《おれ》は1年の丸井《まるい》といいます。ではキャプテンのところにご案内します！」

丸井と名乗った1年生はハキハキとそう言って、僕を先導するように歩き出した。

声をかけてくれたのが1年生で本当によかった。なんだか幸先《さいさき》いいぞと思いながら、僕は丸井の後ろを歩いた。

キャプテンは、やっぱり体も大きく野球もうまそうだった。

「よろしく。俺はキャプテンの今井《いまい》。入部は大歓迎《だいかんげい》だよ」

「よろしくお願いします」

僕は、深々と頭を下げた。

「よし、じゃあみんなに紹介《しょうかい》しよう。丸井、みんなを集めてくれ」

「ハイ！」

紹介か、イヤだな、と僕はため息をつく。きっと自己紹介をさせられるんだろうと思うと、気が滅入《めい》ってくる。朝のホームルームでも、僕はさんざんだった。

野球部の人たちが集まってきた。全部で二十人ぐらい。野球部員としてはそんなに多くない。1年生もいるだろうし、これならレギュラー争いも楽なんじゃないかなと思う。

みんなの目が興味津々《きょうみしんしん》に、僕に注がれている。

無理もない。ただでさえ転校生は注目されるのに、五月の中旬という中途半端《ちゅうとはんぱ》な時期に移ってくるなんて、とてもめずらしいからだ。

「今日、墨谷二中に転校してきた2年の谷口タカオです。よ、よろしくお願いします！」

一気にそう言って、頭を下げた。そして、このまま何事もなく終わってほしいと願う。

「どっから越《こ》してきたの？」

誰《だれ》かが、そんな質問をしてきた。

やっぱり来た。朝のホームルームでも同じ質問を受け、僕はうろたえてしまっていた。

「えっと……その、引っ越してきたわけでは……ないんです」

ウソをつくのは苦手だから正直に答えた。けれど、みんなが不思議そうな顔をしている。引っ越していないのに転校するということの意味がわからないのだろう。でも、できればその理由も、前の学校の名前も話したくはない。

「青葉学院《あおばがくいん》から転校してきたんだよね」

女の人の声が聞こえた。

「うへっ！」

驚《おどろ》いて思わず変な声が出てしまった。声の主を探すと、ユニフォーム姿の野球部員たちの陰に、ジャージを着た小柄な女子生徒が立っていた。

あれ、あの人は？　と混乱する頭の中で、僕は記憶《きおく》の整理をする。同じクラスにいた人だ。ていうか僕の隣《となり》の席の人じゃないか。小林詩織《こばやししおり》さんていったっけ。どうして彼女《かのじょ》がここに？

「マジで？　なんでマネージャーがそんなこと知ってんの？」

「同じクラスなんです。朝の紹介で先生がそう言ってたから」

質問したのは3年生だったのか、小林さんは丁寧《ていねい》な口調で答えた。

なるほどマネージャーなのか。でも、かなり意外な気がする。今日一日の印象では、小林さんは無口でおとなしそうで、あまり運動部の人というイメージがなかった。ひんやりとした目が、なんだか怖《こわ》いくらいだった。

それにしても「青葉学院」の名前は出さないでほしかった。あの学校はいろいろな意味で目立つから、きっとみんなに食いつかれる。

「青葉だって！　じゃあスゲー頭がいいってことじゃん！」

「もったいねー！　なんで青葉をやめちゃったの？」

やっぱり来た。僕は心の中で覚悟《かくご》を決めた。

青葉学院は中高一貫《いっかん》の私立校で、大学への進学率もいい。だから、青葉をやめたと聞けば、みんなが驚くのもわかる。朝のホームルームでも、僕は新しいクラスメイトたちから質問されまくりだった。

でも今思えば、いい予行練習だった。僕は効果的な答えをすでに学習していた。

「あの……家庭の事情で……その、転校することになったんです」

僕がそう言うと、みんなは気まずそうに黙《だま》り込《こ》んでしまった。

やっぱり「家庭の事情」という言葉の効果は絶大だった。朝のホームルームで、僕が答えに困っていると、誰かが「つまり家庭の事情ってやつだな」と大人びた口調で言ってくれた。するとそれをきっかけに、それまでいろいろ飛んでいた質問がピタリとやんだ。

クラスメイトや野球部のみんながどんな事情を想像したのかは知らないが、これ以上聞いちゃいけないという感じでみんなが黙ってしまったのは、どちらも同じだ。中学生ともなると、こんなちょっとした言葉で、みんながいろいろ想像を巡《めぐ》らせてくれるらしい。

僕はほっとした。なんとか切り抜《ぬ》けたと思う。

「青葉では野球部だったんですか？」

さきほどの丸井が、そう質問してきた。

しまった。そっちもあったか。野球部ならではの質問が飛んできて、僕はまたしてもうろたえてしまった。

青葉学院は野球でも超有名校《ちょうゆうめいこう》だった。全国大会出場の常連であり、全国制覇《ぜんこくせいは》すら何度もなしとげている。だから、野球部の彼《かれ》らが、それを気にするのは当然のことなのかもしれない。

そして事実、僕は青葉学院の野球部に在籍《ざいせき》していた。

「ええ……まあ」

「スゲー！　じゃあ試合とかに出たことあるんですか？」

「あの……ちょっとだけ……」

ついそう答えてしまった。決してウソじゃない。けれど、わざと曖昧《あいまい》な答え方をして、ちょっとだけ自分の実力を盛ってしまったとはいえる。

「マジで！」

「超スゲー！」

「青葉のレギュラーかよ！」

またしてもみんなが盛り上がり出した。しかも、ちょっとだけ盛ったつもりが、想像以上の受け取られ方をしている。レギュラーなんてとんでもない！

なんてことを言ってしまったんだと、僕は後悔《こうかい》した。

「じゃあ青葉の実力を見せてもらおうぜ！」

誰かがそう言って、みんなが「おう！」と答えた。

心臓がドキリとした。まさかこんな展開になるとは想像もしていなかった。

「よし、じゃあ軽く練習していくか？　谷口、準備はしてあるのか？」

今井キャプテンが、そう言って僕を見た。

「いえ……あの、今日はまだ……準備とかしてないですから……」

「余ってるユニフォームが部室にたくさんありますよ！　ちゃんと洗濯《せんたく》したやつです。グローブだって誰も使ってないのがありますから、それを使ってください！」

丸井が、ありがたくない助け舟《たすぶね》を出してくれた。

でも、問題はそこじゃない。問題は僕なんだ。みんなが期待するほど、僕は野球がうまくないということが問題なんだ。

確かに僕は、青葉学院の野球部員だった。でもそれは、そんなすごいことなんかじゃない。

なぜなら僕は「2軍の補欠」だったからだ。

公式戦に出たことなんて一度もなければ、ベンチに入ったことすらない。さっき丸井に、試合に出たことがあると言ったのは、2軍の紅白戦のことだ。その試合だって、僕は控《ひか》えの選手で、代打で出場したにすぎなかった。

今からでも、2軍の補欠だったと告白してしまったほうがいいのではないか。

僕は、そう思ってキャプテンの顔を見たけれど、どうしても言葉が出てこなかった。言い出す勇気が出なかった。そしてそのまま丸井に連れられ、部室でユニフォームに着替《きが》えさせられるはめになった。

「さあ行くぞ！」

バットを構えた今井キャプテンが大きな声で言った。

まずはノックを受けることになった。僕はサードのあたりにいて、飛んできたボールを捕《と》り、それをファーストに投げる。どこでもやっているごく普《ふ》通《つう》の内野のノックだ。

ただ、ギャラリーがすごかった。野球部全員が僕のそばに立ち、青葉学院から来た転校生の実力に注目している。

最初はやさしいゴロだった。僕は軽く捕り、それをファーストに投げた。

とりあえずほっとして、みんなの顔を見る。特に表情の変化はない。球が簡単すぎて、捕れて当たり前ということだろう。

だんだんノックの球が厳しくなってきた。僕は懸《けん》命《めい》にボールを追い、なんとかボロを出さないように、確実な捕《ほ》球《きゅう》を心がけた。

けれど、とうとうポロリとやってしまった。そんなに難しい球ではなかったのに、気ばかり焦《あせ》って、バウンドに合わせられなかった。頭の中が真っ白になった。慌《あわ》ててボールを拾い上げてファーストに送ると、それはとんでもない暴投になった。

そっとギャラリーのほうを見る。なんともいえない難しい表情をみんなはしていた。

弱気の虫が暴れ出した。

そうなるともうダメだ。僕の手足は、まるで機械仕掛《きかいじか》けのようにギクシャクして、立て続けにエラーを重ねてしまった。

「たいしたことないな」

誰かの声が聞こえ、それに続いて忍《しの》び笑いが起こった。

「青葉ってこんなもんなの？」

「いくらなんでもひどすぎない？」

最初は控えめだったギャラリーたちの声も、僕がエラーを重ねるたびに遠慮《えんりょ》がなくなり、最後には普通の声で言い合うようになった。

完全にさらし者だった。このまま走って逃《に》げ出したくなった。

ノックが終わって、次は打撃《だげき》を披露《ひろう》することになった。

けれど、僕の気持ちは完全に途切《とぎ》れてしまっていた。

まるで義務のようにバッターボックスに入ると、来たボールに合わせてバットを振《ふ》った。

多くは空振りだった。

さすがにかわいそうと思ったのか、もう誰も笑わなかった。

チラリと丸井の顔が見えた。

僕が青葉の野球部にいたと聞いて目を輝《かがや》かせた彼は、さぞがっかりしているだろう。でも、
もうそんなことどうでもいい。

なぜなら僕は……、野球部には入らないと決めたのだから。

〈**丸井**〉

だいぶ緊張《きんちょう》してたみたいだな。

俺《おれ》は谷口さんの背中を見ながら思った。

「おい丸井、早く球拾いにつけ！」

3年生に言われた。

「でも、谷口さんを部室まで案内しないと」

「さっき着替《きが》えたんだから、案内しなくてもわかるよ！」

「でも……」

「あの……丸井くん。僕《ぼく》、大丈夫《だいじょうぶ》だから。ユニフォームは部室のテーブルの上に置いておくから。どうもありがとう」

「やだなあ、谷口さんは先輩《せんぱい》なんですから、丸井って呼び捨てにしてくださいよ！」

「そうか……。うん、わかった。それじゃあ」

「お疲《つか》れさまです！」

やっぱり青葉学院の人は上品なんだな。俺は谷口さんを見送りながら思った。「丸井くん」に「僕」だもん。俺とは言葉遣《ことばづか》いが違いすぎる。

でも、谷口さんの背中がすごく寂《さび》しそうだ。無理もない。かなり緊張して、ノックやバッティングで実力の半分も出せなかったみたいだし。まあろくに準備運動もしないで、慣れない道具でいきなりノックとかやれば、そうなって当然だ。なんだか谷口さんが、少しかわいそうなくらいだった。

でも、と俺は考え直す。青葉学院でレギュラーだった人が来たってことは、ウチにとってはたいへんな戦力アップだ。これからが楽しみすぎる。

青葉ではどんな練習をしていたんだろう？　いろいろ教えてもらって、俺も野球がうまくなりたい。

「丸井、なにぼんやりしてんだ！　早く球拾いをやれ！」

「はい、すいません！」

外野に向かって走り出した。すごいことが始まりそうな予感がする。なんだかワクワクする気持ちを抑《おさ》えきれなくて、俺は「よっしゃあ！」と叫《さけ》んでしまった。

〈**谷口**〉

テーブルの上には、僕《ぼく》の好きなおかずばかりが並んでいた。

「タカオの新しい門出のお祝いだから」

母さんは、そう言ってニコリと笑った。

僕はそんな笑顔になれるような気分じゃない。でも、母さんの気持ちを無下《むげ》にすることはできなかったし、僕としても、あんまり情けないところを両親に見せたくはなかった。だから、

なにも答えられなかった。僕は、茶碗《ちゃわん》に残ったごはんを無理やりかき込むと、そのまま「ごちそうさま」を、ものすごく曖昧に言って立ち上がった。

「お前、また逃げるのか？」

背後から、父さんの声が聞こえた。

でも、僕は振《ふ》り返らなかった。だって仕方がないじゃないか。このまま野球を続けたら、きっとイヤな目にたくさんあう。だったらやらないほうがよほどマシだ。そう心の中だけで父さんに反論すると、階段を駆《か》け上がり、二階の自分の部屋へと戻《もど》った。


考えてみると、イチローは本当にすごい選手だと思う。

僕は、壁《かべ》にはったイチローのポスターをぼんやりと眺《なが》めた。

昨日の夜は、ものすごく張り切っていた。イチローになったつもりで、透明《とうめい》なバットを手に、何度も何度も、僕はイチローのバッティングフォームをマネしていた。完全になりきっていたから、目の前に架空《かくう》のスタジアムが広がり、観客の声援《せいえん》すら聞こえてくるような気がしたほどだ。昨日の夜は、本当にワクワクが止まらなかった。

でも現実は悲惨《ひさん》だった。ベッドにゴロリと横になり、今日一日の出来事を思い出した。悔《くや》しくて悲しかった。でも、もうどうでもいいことだと思った。僕とイチローじゃ才能が違《ちが》う。僕がイチローみたいになれるわけがないのだから。

「入るぞ」

ノックもせずに、父さんが部屋に入ってきた。

用件はわかっているから、僕はなにも言わなかった。父さんの顔を見ないように、ゴロンと壁のほうに寝返《ねがえ》りをうった。

「本当に野球部に入らなくていいのか?」

父さんの声が聞こえた。

返事をしなかった。なにを言っても言い訳になるし、わかってもらえるとは思えなかった。

「なんのために青葉をやめたんだ!」

父さんが、突然《とつぜん》大きな声を出した。

ピクリとし、思わず体を起こして父さんの顔を見た。怒《おこ》っていると思った父さんの顔が悲しそうだったので、僕は少なからず驚《おどろ》いてしまった。

「野球のためだろ? 新しい学校でノビノビ野球をやりたいって言ったのは、お前じゃないか。そのために青葉をやめたんじゃないのか!」

「だって……」

なんとか言い抜《ぬ》けようとした。けれど、言葉の代わりに涙《なみだ》が出てきてしまった。

「なにがあった？　言ってみろ。男同士だ。俺が聞いてやる」

僕は野球部であったことを父さんに話した。青葉学院から来たことで、みんなから実力を勘《かん》違《ちが》いされてしまったこと。そして、ノックでエラーばかりして、みんなに笑われてしまったことを……。

「なんだ、要するにお前がヘタだから笑われたってことか」

拍子《ひょうし》抜《ぬ》けするくらいあっさりと父さんは言った。

「だったら青葉の選手として通用するくらい、うまくなればいいじゃないか」

「そんなことできるわけないだろ」

野球を知らないわけではないのに、簡単に言う父さんに少し腹が立った。

「やりもしないうちから、言い訳をするな！」

父さんが再び大きな声を出した。今度の顔は、本当に怒っているときの父さんの顔だった。

「俺が一緒《いっしょ》に練習してやる。ウチの会社でやろう！　あそこなら夜に金属バットの音が響《ひび》いたって苦情なんか出ない。行くぞ！」

父さんは、手を取って僕を強引に立たせた。あんまりすごい剣幕《けんまく》だから、抵抗《ていこう》することができなかった。そのまま父さんに連れられ部屋を出ると、そこに母さんがいた。

「これからウチの会社でタカオと野球の練習をしてくる。心配するな、9時までには戻ってくるから」

「あらそう。気をつけてね」

父さんの怒鳴《どな》り声を聞いたはずなのに、母さんは、まるで心配する様子がなく、春の風みたいにフワフワとしている。そんな母さんの顔を見ていると、なんだか気が抜けて、僕は少し気が楽になった。

しょうがない、少し父さんに付き合おう、そんな風に僕は思った。

ここに来たのは初めてではないはずだ。僕は父さんの会社を見上げながら考えた。

谷口鉄工。

これが父さんの経営する会社だ。

「小さいころに来たことあったよね？」

「そうだな。小学校の1年とか2年とか、そんなころに何度か連れてきたはずだぞ」

かすかに覚えている。ここは海沿いの埋《う》め立て地で、有名な会社の大きな工場から、谷口鉄工のような小さな工場まで、たくさんの工場がぎっしりと密集しているエリアだった。まだ小さかったころの僕は、通りを走るたくさんのトラックやトレーラーが、なんだか怖《こわ》かった。

父さんが工場のシャッターを上げ、中の電気をつけた。そこには教室三つ分ぐらいの広さの作業場があって、どう使うのか見当もつかない大きな機械がいくつか並んでいた。だいぶ汚《よご》れているし塗装《とそう》もはげているから、そんなに新しい機械ではなさそうだ。でも可動部みたいなところはツヤツヤと新品みたいに輝《かがや》いている。

天井《てんじょう》を見上げてみる。レールとクレーンのようなものが据《す》えつけてあった。

「あのクレーンみたいなのはなに？」

「みたいじゃなくてクレーンだよ。鉄は重たいから、あれを使って移動したり、トラックに積んだりするんだ」

「すごいね。ここでなにを作ってるの？」

「なんでも作るよ。ちっちゃなボルトから、エンジンとかブレーキの部材とかいろいろだ」

「自動車の部品を作ってるの？」

「そうだよ、知らなかったのか？　ほら、あの会社がお得意様だ」

そう言って父さんは、遠くを指さした。

そこには、とても有名な自動車会社の工場があった。

「すごいね」

僕はまた同じことを言った。

父さんは、なにがそんなにすごいんだという目で僕のことを見ている。

「父さんの会社って、社員は全部で五人じゃなかったっけ？」

「そうだ。社員五人のちっぽけな会社だ」

父さんが苦笑いして答えた。

社員五人のちっぽけな会社。

いつもそんな風に、父さんは言っていた。だから僕はその言葉を信じ、ずっと父さんの仕事を恥《は》ずかしいと思っていた。でもそれは、とんでもない間違《まちが》いだった。ここにある大きな機械を使って、父さんたちはたくさんの物を作っていたんだ。

「どうだ、これだけ明るければ、ノックのボールも見えるだろう？」

そう父さんが言った。工場の横に、社員さんたちの駐車場《ちゅうしゃじょう》らしき空き地がある。そこは舗装《ほそう》されていないので、工場の明かりを利用して、そこでノックをしようということらしい。

「うん。大丈夫《だいじょうぶ》！」

なんだか父さんが、今までとは違う人に見えた。僕はグローブをはめて駐車場に行き、父さんと向かい合った。

僕は守備の体勢に入った。でもよく見ると、父さんとの距離《きょり》がかなり近い。普通《ふつう》のベース間の距離は約27メートル。けれど今は20メートルもないように思える。

「ねえ近すぎない？」

「しょうがないだろ。スペースがないんだから。でもこの距離に慣れちまえば、普通のノックなんて楽勝になるよ」

ムチャクチャな理屈《りくつ》を父さんは言った。でも一理ぐらいはあるような気もする。

ノックが始まった。父さんの打つ球は、最初から容赦《ようしゃ》がなかった。

駐車場の地面は、学校のように整備されていないし、少し硬《かた》い。だからボールは変な跳《は》ね方をして体にぶつかってきたりする。痛い。そしてボールを横っ飛びに捕《と》ろうとすると、体を地面に打ち付けてしまって、これもかなり痛い。

「ホラッどうした、しっかり捕れ！」

父さんは、どんどん強い球を打ってくる。

たいして捕れないのは、学校のときと同じだった。でも、どういうわけか、僕の中の弱気の虫が動き出すことはなかった。

「もっとこい！」

半分ヤケになり、僕はボールに飛び込んでいった。

結局、僕は野球部をやめなかった。練習に出るのは少し怖かったけれど、もう最初の日のような厳しいノックを受けることはなかった。

だから今のうちに父さんとの練習を続けて、少しでもうまくなっておこう。僕はそんな風に考え、家に帰って夕食を食べると、すぐ父さんとの練習に出かけた。

練習の二日目には、父さんが作ったバッティングネットが登場してきた。たてよこに3メートルはあり、下には車輪がついていて移動できるようになっている。

「こんなのはホームセンターでネットだけ買ってくれば楽勝だよ。他の材料はここにあるから、あとは溶接《ようせつ》でチョイチョイだ」

そのネットの中央にポッカリと穴が開いていて、そこから象の鼻のようにレールが伸《の》び、その先端《せんたん》がボールを持つ父さんの足元に向けられていた。

「これ、どうなってるの？」

「いいアイデアだろ？　ボールが自動的に戻ってくるようになってるんだ」

そう言って父さんはボールをネットの中央に投げた。すると、穴に入ったボールは、レールをするすると転がって、父さんの足元にポロリと戻ってきた。

「これで2、3球もボールがあれば、いちいち拾い集めなくていいってわけだ。どうだ、いい考えだと思わないか？」

「うん……思う」

自分の工夫に自信があるのだろう。父さんの表情が自慢《じまん》げだ。やれやれと思う。でも、そこまでして練習に付き合ってくれる父さんの気持ちは、とても嬉しかった。

さっそくティーバッティングを始めた。2メートルほど斜《なな》めに離《はな》れ、父さんがフワリとボールを投げ、それを僕がネットに向かって打つ。やはり、単なる素振《すぶ》りと違って、実際のボールを打てるのは、とてもいい練習になる。

ノックとティーバッティング。この二つをメインに、僕は毎日のように父さんとの練習を続けた。

「どうだ、だいぶいい感じになってきたんじゃないか」

ある日の練習終わりに、父さんがそんな風に声をかけてきた。

「うん」

「とにかくやるだけやってみろだ。簡単にあきらめちゃダメだ」

「うん」

「タカオ……。俺は最初から、お前を青葉学院に行かせていいのか迷ってたんだ。なんせエリート校だからな。こんなちっちゃな工場の経営者の息子が行って、うまくやっていけるのかなって……。でも、お前が行きたいっていうなら、応援《おうえん》しようと思ったんだ」

僕は小学生のころ、何度も全国制覇《ぜんこくせいは》をなしとげたことのある青葉学院の野球にあこがれ、青葉に進学したいと両親にせがんだことを思い出した。まさかそのときは、1年の最初に行われたセレクションでふるいにかけられ、その後ずっと2軍に留まるとは想像もしてなかったけれど。

「だから、タカオが青葉をやめたいって言い出したときも、俺は認めたんだ。ああ、やっぱりなって。青葉みたいな学校、谷口家の家風に合わないからよ」

そう言って父さんは笑った。あえて「谷口家の家風」なんて堅苦《かたくる》しい表現を冗談《じょうだん》ぽく使って、父さんは深刻にならないように話していた。

「でも後になって、俺は後悔《こうかい》した。もっとお前を、青葉でがんばらせるべきだったんじゃないかって」

父さんはまっすぐに僕の顔を見た。こんなにもまじめな父さんの顔を見るのは、初めてのような気がした。

「いいかタカオ、失敗から逃げちゃダメだ。誰《だれ》だって失敗や間違いくらいする。でも、そこから逃げちゃダメなんだ。それがわかってほしくて、俺はこうしてお前と一緒に練習をしてきたんだ」

「ありがとう」

自然にそんな言葉が出た。照《て》れくさいけれど、いちばん素直な僕の気持ちだった。

「大丈夫。絶対に逃げないから」

父さんは、言葉の真偽《しんぎ》を確かめるように、じっと僕の目を見た。そして納得したかのように、大きく歯を見せてニコリと笑った。

「なんだ、心配して損しちゃったな。よし、帰るとするか！」

なんだかウズウズしてきた。

「父さん、走って帰ろうと思うんだけど」

「走るって、家までか？」

「うん」

「車ならたいしたことないけど、走ったら4、50分はかかるぞ」

「でも走りたいんだ。走って帰るよ」

正直な気持ちだった。

なんだかわからないけど、無性に僕は走りたかった。

「わかった。じゃあ気をつけて帰ってこいよ」

父さんはそう言うと、車に乗って帰っていった。

さあ、行こう！

足がすぐに反応する。一歩目を踏《ふ》み出す。

僕は走り出した。見上げると、工場ばかりのエリアなのに、空にはたくさんの星がキラキラと瞬《またた》いていた。


少しくらい練習をしたからといって、野球が劇的にうまくなるなんてことはない。

それでも僕は、真剣《しんけん》に墨谷野球部の練習に取り組んでいた。相変わらずノックを受ければポロポロとエラーをするし、バッティングでも鋭《するど》い打球が飛ばせるわけではなかった。3年生の先輩《せんぱい》たちからは「それでも青葉なのかよ!」なんてキツいことを言われたりもした。

でも、たとえ青葉のレギュラーには遠く及《およ》ばなくても、僕自身は少しずつ野球がうまくなっているのを実感していた。

特に、父さんとのノックのおかげで、学校でのノックがずいぶん弱く感じられ、僕は落ち着いてボールがさばけるようになった。しかも、工場のでこぼこで硬《かた》い地面に慣れてしまうと、学校のグラウンドははるかに整備されているから、安心して打球に飛び込んでいけるようになった。

「ナイスファイト!」

たとえ捕れなくても、今井キャプテンが、そんな僕の気合いをいつもほめてくれた。

それが嬉《うれ》しい。だから僕はまた張り切って、難しい球にどんどん飛び込んでいく。こうして僕のユニフォームは、誰よりも早く、いつも真っ黒になった。

野球って楽しい。

僕は心からそう思えるようになった。

今のは谷口じゃないか？

俺《おれ》は、目をこらして反対側の歩道を見た。

「今井、どーした？　早く帰ろうぜ！」

同じ塾《じゅく》に通う別の中学校の友人が、俺に声をかけてきた。

「おーワリぃワリぃ。帰りにアイスでも食ってくか？」

そんなことを言いながら、俺はその友人と歩き出した。塾の終わる時間だから、あたりはもうすっかり暗い。けれど間違《まちが》いない、今のは谷口だった。

なるほどそういうことか。

俺はストンと納得した。

あいつはどこかで練習をしているんだ。それですべての説明がつく。

谷口が入部してきた日のことを思い出すと、俺は、今でもチクチクと胸が痛む。

あれはキャプテンの行動として間違っていた。あんな風に新入部員を追い込《こ》むようなことはすべきではなかった。

谷口がたいしてうまくないことは、ノックを始めてすぐにわかった。捕球《ほきゅう》の体勢や、そこからの送球が、まるでスムーズではなかったからだ。

でも俺はノックをやめなかった。いや、それどころか、次々と厳しい球を谷口に浴びせて、あいつをまるでさらし者みたいにしてしまった。

青葉学院の野球部から来たと聞いたことで、意地の悪い考えをもってしまったのかもしれない。青葉の連中は、どうも好きになれない。頭も良ければ、野球も強いなんて、いくらなんでも反則すぎる。

でも、谷口は、そういうなんでもできるタイプの人間ではなかった。

谷口はやめてしまうんじゃないか。

冷静になってみると、それが心配になった。だから次の日、あいつが野球部に現れたとき、俺は心の底からほっとした。もちろんそれからは、谷口を他の2年生たちと同じように扱《あつか》い、特別に厳しい練習を課したりはしていない。

でも、いつからか谷口のほうが変わり始めた。初日にあったオドオドした雰囲気《ふんいき》は少しずつ消え、積極的に練習に取り組むようになった。

不思議だったけど、今ここで解決した。あいつはどこかで練習をしているんだ。

「今井、お前なにボッとしてんだよ？　アイス食ってこうって言ったのお前だろ？」

いつの間にか、いつものコンビニを通り過ぎようとしていた。

「わりぃ。今ちょっと考え事してた」

「なに考えてたんだよ？　お前が勉強のこと考えるわけないから、女の子のことか？」

「そんなわけねーだろ」

違《ちが》う中学校の仲間だから、逆にどうでもいい話題で盛り上がれる。俺たちはそんなバカなことを言いながら、コンビニのドアを開けた。

入りながら、もう一度谷口が走ってきた方向を確認してみる。あっちには工場ばかりで、野球場や公園みたいなものはなかったはずだ。谷口はどこで練習しているんだろう。

今度、探してみようかな。

そんなことを俺はチラリと思った。

2nd

イニング

梅雨の真っ最中のはずなのに、ありえないほど毎日が暑くて、気持ち悪い汗がネトネトと体にまとわりついてくる。そんなに日焼けを気にしているわけではないけれど、わたしはいつものように木陰《こかげ》のベンチに座って野球部の練習を見る。ひざの上にあるのは練習日誌。これをつけるのがマネージャーであるわたしの仕事だ。

『3時30分～　ランニング・準備体操・キャッチボール。

4時10分～　内野と外野に分かれて、ノック』

なんて具合にノートに書き込《こ》んでいく。

練習のメニューなんて、そんなに頻繁《ひんぱん》に変わるものではないから、わたしはほぼ毎日、同じようなことを書き続けている。

「詩織《しおり》、元気？」

そんな声が聞こえて振《ふ》り返ると、そこに郁美《いくみ》がいた。

「久しぶり」

わたしはそう言って、少しだけ体をずらす。もともとベンチには十分なスペースがあるけれど、「座れば？」と合図したつもりだった。

それを待っていたかのように、郁美はわたしの隣《となり》にチョコンと座った。そしてしばらく二人で野球部の練習を眺《なが》める。

「なんか、詩織と並んでこうして野球部の練習見るのって、すごい久しぶりな気がする」

「実際、久しぶりでしょ。あんたが野球部やめたの、去年の九月だもん」

人によっては、わたしの話し方はひどく冷たく、つっけんどんに響《ひび》くらしい。でも、小学生からの付き合いである郁美は、ごく自然にわたしの顔を見て、ウンウンとうなずいている。

「そっかあ、もうそんなになるのか」

郁美はそう言って、わたしのひざの上の練習日誌を見た。

「まだそれ、つけてんの？」

郁美はなつかしそうに日誌を手に取り、パラパラと中を読み、そして笑い出した。

「詩織って、ある意味すっごいまじめだよね。こんなのもう書かなくていいんじゃない？　だって誰《だれ》も読まないじゃん、これ」

「ある意味まじめ」ってどういうことだろう。ある意味なんだから、別の意味でいえば「変わってる」とか「バカ」とか、そういうことなのかなと思う。

「だって、これ書かなきゃ、やることなくなっちゃうし」

そう言ってわたしは笑った。いや、正確には笑う演技をした。

わたしは、ひざの上にある練習日誌を眺める。

そうなのだ、これは押《お》しかけマネージャーであるわたしたち二人のために、当時のキャプテンが作ってくれた、意味のない仕事だった。


「野球部の3年生にすごいカッコいい先輩《せんぱい》がいる」

小学校からの友達だった郁美が、そんなことを言い出したのは、墨谷二中《すみやにちゅう》に入学してわりとすぐのころだったと思う。

その先輩とお近づきになるために、野球部のマネージャーになりたい。一人じゃ不安だから詩織も一緒《いっしょ》にやろう。郁美はそう言って、わたしを誘《さそ》ってきた。その先輩は、わたしにとっては全然カッコいい人ではなかったけれど、マネージャーになることにはすぐに賛成をした。

家にいたくなかったからだ。でもやりたい部活なんてなかったし、街をブラブラするとかもイヤだった。だから、図書館かどこかで時間をつぶそうと考えていたわたしにとって、その場所が野球部に変わったとしても、なんの問題もなかった。

でも、突然やってきたマネージャー志望の女子二人に、3年生の先輩たちは、相当に困ったらしい。だってやることなんてないのだから。部室の掃除《そうじ》といっても、別にそれほど汚《よご》れているわけではないし、練習の準備なんかも1年生の部員たちが普通《ふつう》にやってくれる。だから、わたしたちに与《あた》えられた仕事は、練習日誌をつけることと、試合のときにスコアブックをつけることだけだった。

さっそくわたしたちは、毎日、交替《こうたい》で練習日誌をつけ始めた。練習が終わると、書き終わった日誌をキャプテンに提出する。最初のころは、いちおうキャプテンも目を通してくれていたけど、すぐに読まなくなり、ただ書いては、部室の棚《たな》に日誌を置くことだけが、わたしたちの習慣になった。

そして、そのうち郁美は日誌を書かなくなってしまい、わたしだけがせっせと誰も読まない練習日誌を書き続けた。

二学期になり、郁美が野球部をやめると言い出した。大好きだった3年生の先輩が引退したからであり、その先輩との恋《こい》が実らなかったからでもあった。

一緒にやめようと郁美に言われたけど、わたしは断って、そのまま野球部のマネージャーを続けた。なにかを変えることが面倒《めんどう》だったたし、野球部での生活が、わたしにとってわりと居心《いごこ》地《ち》が良かったからだ。

そして今でも、誰にも必要とされていない練習日誌を、わたしは書き続けている。

誰にも必要とされていないなんて、まるでわたしみたいだな。そんな風に考えると、この意味のない仕事にも、ちょっと愛着がわいてくる。


「そういえばさ、2年生に新入部員が入ってきたんだって？」

ぼんやりしているわたしに、郁美が思い出したように声をかけた。

「うん、あそこのサードのとこにいる子」

わたしは谷口《たにぐち》くんを指さす。

「なんか地味そうな子だね。どっから来たの？」

「青葉学院《あおばがくいん》から」

郁美が目を丸くしてわたしを見た。

「へえー、そうなんだー」

郁美の口はしばらく開いたまま、なにか言いたそうにしていたけれど、結局、なにも言わずにそのまま閉じてしまった。

わたしは詩織の親友だから、青葉学院のことには触《ふ》れないよ、詩織の気持ち、わかってるから……。そんな表情で、郁美はわたしの顔を見ている。でもそんな顔をすること自体が、ある種のアピールになるってことを、郁美はわかっていない。

別に気を使わなくてもいいよ。

郁美にそう言ってやりたい。だってもう気にしてないから。

むしろ青葉学院に落ちてよかったとすら、今のわたしは思っている。中学入試に失敗して、お母さんからは完全に見捨てられたけど、青葉に通っているお姉ちゃんの様子を見ていると、無理して青葉なんかに行かなくて本当によかったと思う。こうしてのんびり野球を眺めて、少し遅《おそ》く家に帰っても、わたしは誰にもなんにも言われないのだから。

それにしても……と、わたしは谷口くんを見る。

谷口くんは、本当に楽しそうに野球をしている。どんな事情で転校してきたのか知らないけれど、少なくとも今の彼《かれ》は、とても楽しそうに見える。

ルールもよく知らないまま野球部のマネージャーになったわたしにしてみれば、野球ってそんなに楽しいのかなと、ちょっと不思議に思う。

〈谷口〉


一学期の期末テストが終わり、野球部の練習が再開された。

僕《ぼく》は張り切っていた。キャッチボールにも思わず力が入る。

「痛っ！」

僕の球を受けた、谷口、松下《まつした》が言った。

「速いって！　お前なんか気合い入りすぎじゃね？」

松下はそう言いながら、フワリとした山なりのボールを返してきた。僕と同じ2年で、ピッチャーの松下は、キャッチボールのときはいつも、大きなゆったりとしたフォームで投げるよう心がけている。

「ゴメン！　なんか力が入っちゃって」

僕はそう言って、同じようなフワリとした球を松下に返した。

いけない、いけない。

落ち着けと、僕は自分に言い聞かせた。でも、どうしてもつい力が入ってしまう。

練習前にキャプテンから、夏の大会に向けて、レギュラーとベンチ入りのメンバーの発表があった。そして、僕の名前もベンチ入りのメンバーの中に含《ふく》まれていたのだ。

ものすごく嬉《うれ》しい。

でも、そんなことで喜んでいるのは、どうやら僕だけのようだ。なぜなら、ベンチ入りのメンバーは最大で十八人。墨谷野球部は3年生と2年生を合わせても十四人しかいないから、2年生であれば、基本的にベンチ入りできるに決まっている。

だとしてもやっぱり嬉しい。青葉学院時代の僕は、ずっとスタンドからの応援《おうえん》ばかりで、ベンチに近づくことすらできなかった。もちろん、1年生だったのだから仕方ないというのもあるけれど、僕の場合は、2年になっても3年になっても、きっとベンチ入りはできなかっただろう。それくらい青葉は選手の層が厚く、レベルも高い。

「谷口さん、レギュラー入り残念でしたね」

練習を終えると、丸井《まるい》が声をかけてきた。丸井はいつも僕のことを気にかけ、あれこれ話しかけてきてくれる。

「俺《おれ》、谷口さんならいけるかもって思ってたんですけど、やっぱり3年生をさしおいてレギュラーってのは、厳しかったんですかねえ」

「仕方ないよ。それに僕なんか、まだまだだから」

3年生の人数は七人。だから2年生からは二人がレギュラーに入った。キャッチャーの小山《こやま》とレフトの遠藤《えんどう》だ。

「でも、内野にあきがあったら、絶対に谷口さんでしたって!」

丸井はきっぱりと言い切った。

「それに、代打なら出番があるかもしれませんよ。せっかくの青葉のレギュラーの実力が、マジでもったいないですもん!」

青葉学院の名前が出てきて、僕の心臓はドキリとした。いつまで僕は、青葉の名につきまとわれるんだろう。自分のつまらない見栄《みえ》から始まったみんなの誤解を、僕はいまだにちゃんと訂正していない。でも入部から二か月もたって、今さら「あれは間違《まちが》いでした」なんて言えるわけがないとも思う。

ベンチ入りして喜んでいたけれど、試合に出る可能性もあるんだということに、僕はやっと気がついた。ボロを出すのはイヤだ。だったらやっぱりうまくなるしかない。父さんとの練習を今日からもっと厳しくしようと、僕は心に決めた。

「父さん、もっと近くからでいいよ!」

バットを構える父さんに、僕は大きな声で注文を出した。

今までよりもさらに近づいてもらった。もう普通《ふつう》のベース間の半分ぐらいの距離《きょり》しか離《はな》れていない。

「いくらなんでも近すぎないか！」

「いいから！　とにかく僕の言う通りにして！」

ノックが始まった。

でも、さすがに近すぎることを心配しているのか、父さんの打つ球は、どこか遠慮気味《えんりょぎみ》だ。

「もっと強く！」

「だってタカオ、いくらなんでも、危ないだろう！」

「いいんだってば！　青葉のレギュラーなら、これくらい捕《と》れるんだから！」

つい青葉の名前を出してしまった。

父さんがじっと僕の顔を見る。そしてなにも言わずにバットを再び構えた。

強い球が来た。僕はひるむことなく、その球に飛び込《こ》んでいく。

少しでもうまくなりたい。僕は必死だった。

試合には代打で出る可能性だってある。バッティング練習にも僕は気合いを入れた。バットを振《ふ》る数を、今までの倍に増やした。

そんな練習を、僕は大会前日まで続けた。

「青葉で2軍だったこと、まだ誰《だれ》にも言っていないのか？」

練習を終え、僕が道具を片付けていると、不意に父さんが声をかけてきた。

やっぱりお見通しだったんだなと思う。

「うん」

「まあ、やるだけのことをやったんだ。胸を張れ」

そう言って父さんは笑った。

でも僕は笑えなかった。

確かにやるだけのことはやったと思う。でも、とても青葉のレギュラーレベルの実力がついていないことも、僕にはわかっていた。ベンチに入るのは嬉しいけれど、試合に出て失敗するのは怖《こわ》いなと、僕は思った。


地区予選が始まった。これを勝ち抜《ぬ》き、夏の全国大会に出場することが、僕たち中学野球部にとっての最大の目標だ。

そして、3年生たちにとっては、これが最後の大会になる。

僕はベンチの中から、あたりをキョロキョロと見回す。なにもかもが新鮮《しんせん》だった。ベンチから見るグラウンドや観客席は、のしかかってくるような迫力《はくりょく》があった。

ベンチの中には、マネージャーの小林《こばやし》さんと、野球部の監督《かんとく》であり美術の先生でもある杉田《すぎた》先生の姿もあった。杉田先生は運動に興味がないらしい。野球のルールもよく知らないらしく、練習には一度も顔を見せたことがない。

「やあ谷口くん、がんばってるかい？」

「ハイ！」

僕は嬉しくなって、大きな声で返事をしてしまった。杉田先生は、3年生の美術を担当しているから、僕とは入部手続きのときに少し話をしたくらいで、ほとんど接点はない。それでも先生が僕の名前を覚えていてくれたことが、とても嬉しかった。

審判の「プレイボール！」の声がグラウンドに響《ひび》いた。

始まるまではいろいろな心配をしていたけれど、いざ試合が始まってみると、僕は、すぐに夢中になって、他の2年生たちと一緒《いっしょ》にチームの応援《おうえん》をした。

「ナイスバッティング！」

「しまっていこう!」

「ワンアウト、ワンアウト!」

「ナイスプレイ!」

なんて、声がかれるくらい僕は大声を出した。

試合は墨谷が順調に得点を重ねているので、ベンチの中はまるでお祭り騒《さわ》ぎみたいに盛り上がっている。

仲間とはしゃぎながら、ベンチの中を僕は見回す。

ふと、隅《すみ》のほうで、小林さんと杉田先生が並んで座っているのが見えた。二人ともノートを広げて、なにかを書いている。チラリとのぞいてみると、どうやら小林さんはスコアブックをつけているようだ。さすがはマネージャー、えらいなと思う。普段《ふだん》の練習のときも、彼女《かのじょ》はいつもノートになにかを記録している。やっぱり野球がすごく好きなんだろうなと想像する。

けど、杉田先生がなにをしているのかがわからない。

「なあ松下、杉田先生ってさあ、なにやってるんだ?」

僕は、隣に座る松下に聞いてみた。

「あれか?　あれは絵を描《か》いてるんだ」

「絵？」

「球場とか選手の顔とか動きとか、そんなのを描いてるらしいぞ」

「へえ、変わってるね」

「だろ？　まあ青葉学院とはだいぶ違《ちが》うだろうな」

そう言って松下は笑った。

急に青葉学院の名前が出てきたので、ちょっと焦《あせ》った。確かに青葉学院とは全然違うけれど、僕にとっては、墨谷のほうがよほど居心地がいい。

試合は、6対2で墨谷二中が勝ち、2回戦に進むことになった。


2回戦の柳島《やぎしま》中学戦は苦戦となった。相手エースのできが良く、5回裏を終わって、0対2で墨谷が負けていた。中学野球は7回までだから、もう終盤戦《しゅうばんせん》ということになる。

6回裏の墨谷の攻撃《こうげき》。先頭バッターがヒットで出塁《しゅつるい》した。ノーアウトでのランナーは、この試合初めてのことだ。

「よーし行け、チャンスだ！」

仲間たちと、ここぞとばかりに僕は大声を張り上げた。

６番バッターが送りバントを決めた。これでワンアウト、ランナー二塁になった。確実に一点を取って、反撃《はんげき》の足掛《あしが》かりをつかみたいところだ。

「谷口、準備しておけ」

突然《とつぜん》、キャプテンに言われた。あんまり急なことだったので、僕は一瞬《いっしゅん》、なにを言われているのかわからなかった。

「どうした谷口？　代打だ。８番の遠藤に代わって、お前が代打で出るんだ！」

ついに来た。心臓がキュッと縮まったように感じ、急に息苦しくなった。

「ぼ、僕で大丈夫《だいじょうぶ》でしょうか？」

「大丈夫だ。練習は裏切らない。思い切り振《ふ》ってこい」

キャプテンは笑顔で言ってくれた。

そんなキャプテンの顔を見て、ようやく僕は少し落ち着くことができた。バットを手に、ネクストバッターズサークルへと向かう。足元がどこかフワフワしているような気がする。

７番の小山は内野フライに終わり、ツーアウトとなった。いよいよ僕の出番だ。

右打席に立ち、バットを構える。けれど、まるで集中できない。

「ストライーク！」

そんな審判《しんぱん》の声が聞こえて、僕は我に返った。

舞《ま》い上がりすぎていて、僕は相手ピッチャーの第１球を、まるで練習ボールのように眺めてしまっていた。

「谷口さーん、思い切りいきましょう！」

ベンチから丸井の声が聞こえた。そうだ、積極的にいこう。僕は深呼吸をした。

バッターボックスから球場全体を見回す余裕《よゆう》も出てきた。スタンド、そしてベンチ。サインは出ていない。自由に打っていいということだ。

２球目は、きわどいコースだった。見逃《みのが》すと「ストライク！」と審判に宣告された。

まずい、追い込まれた。バットを振らないままの見逃しの三振《さんしん》は絶対にダメだ。きわどいコースには手を出し、なんとかファールでしのいで甘《あま》い球を待とう。ヒットを打つのが最善だけど、フォアボールでもかまわないから出塁しよう。

３球目、４球目、５球目……。明らかにボールとわかる球を除いて、僕は必死に手を出して、なんとかファールでしのいだ。

打ちたい！　神様、打たせてください。心の中で、僕は何度も祈《いの》った。

甘い球が来た。

打てる！

バットを振り出す。けれど、甘いと思った球は、滑《すべ》るようにスルリと外角へと逃《に》げていく。

まずい。

両手を投げ出すように、僕はバットを外角に伸《の》ばした。手ごたえはなかった。

「ストライク、バッターアウッ！」

審判の声が背後から聞こえた。

三振。チェンジ。

僕は、絶好のチャンスを三振でつぶしてしまった。僕は守備につくことなく、そのままベンチに下がった。みんなの顔が見られなかった。

最終回も、墨谷は無得点に終わり、僕たちのチームは負けた。

申し訳ない気持ちでいっぱいだった。僕は、唯一《ゆいいつ》のチャンスをふいにしてしまった。


「いい粘《ねば》りだったぞ」

試合が終わって、キャプテンが僕に声をかけてくれた。

「すみませんでした」

僕は小さな声で答えた。小さすぎて、ひょっとすると聞こえなかったかもしれない。

「それで、タカオは試合には出たの？」

夕食の席。話題が今日の試合のことになり、母さんが僕に聞いてきた。

「いや、出なかった」

あっさりとウソをついた。

「あら残念ね」

「しょうがないよ。まだ新入部員だし。秋の大会には出られると思うから」

なんとか笑顔で言えたと思う。

このウソをつくことは、家に帰る前から決めていたことだ。本当のことを言うのはつらいし、言う必要もないと僕は考えていた。

「今日の練習はどうする？」

父さんが僕に聞いた。

「大会も終わったし、しばらく休みにしようと思う。部活も、明日から一週間はオフなんだ」

「そうか」

父さんが小さくため息をついた。なんだか、とても寂《さび》しそうな顔をしていた。

「でも、夏休みで野球部の練習がないんじゃヒマだろう？　明日から、夕方にウチの会社に来たらどうだ？　6時ごろからなら一緒に練習できると思うぞ」

「……うん、でも」

「で、タカオは行きも帰りも走れば体力もつくし、練習時間も2時間はたっぷり取れる。どうだ、いい考えじゃないか？」

いや、やりたくないんだ。

本当はそう言いたかった。でも、父さんの目が真剣《しんけん》なので、なんだか言いそびれてしまった。

「まあ、考えてみる」

僕はそんな風に答えを濁《にご》した。


次の日、僕は、自分の部屋でひたすらぼんやりとして一日を過ごした。宿題とか、やることがないわけじゃないけど、なにもやる気にならなかった。

「タカオ、お父さんとの練習行くんでしょう？」

夕方になると、母さんが僕の部屋のドアをいきなり開けて言った。ノックをしないのは、父さんと母さんに共通する我が家の問題点だと思う。

時計を見ると5時。父さんの会社に走っていくなら、ちょうどいい時間になる。

「いや、行かない」

「どうして？」

「どうしてって、別に理由なんてないけど」

「お父さんが待ってるよ」

「電話しといてよ、行かないって」

「自分でしなさいよ」

まったくもう……と思って、顔を向けると、びっくりするくらいニコニコと母さんは笑っていた。

「もったいないなあ。せっかく野球がすごくうまくなったのに」

「なってないよ」

「お父さん、いつも言ってるよ、タカオがすごくうまくなったって」

どうも母さんの笑顔を見ていると、僕の調子は狂《くる》ってしまう。あんなに行くもんかと決めていたのに、だんだんその気持ちが揺《ゆ》らいでくるから不思議だ。

「行っておいでよ、ねっ？　お父さんが待ってるからさ」

なんだか力が抜《ぬ》けてきた。とりあえず行ってみようかなと僕は思った。


父さんの会社に着いたのは、6時を少し過ぎたころだった。いつもの駐車場《ちゅうしゃじょう》には、まだ社員さんたちの車が残っていた。

「おっ、君が社長の息子さんか、いつも社長から聞いてるよ」

「野球がんばってるんだってな」

「がんばれよ！」

そんなことを僕に言いながら、社員の人たちが車に乗り込んで帰っていく。

父さんは、僕のことを会社の人たちに話しているみたいだ。そんなことしなくてもいいのにと思う。

「おっ、やっぱり来たな」

父さんがやってきた。

「よし、じゃあ、さっそくやるとするか！」

まずはノックから始まった。

昨日のことがあるから、あんまりやる気は出ないけど、それでもボールが飛んでくれば、自然に僕の体は反応してしまう。そしてしばらくすると、結局、いつもと同じ激しいノックになった。

続いてティーバッティング。

何球打っただろうか。ボールを投げながら、

「いい粘りだったな」

と突然《とつぜん》、父さんが言った。

急に変なことを言うから、思わず、空振《からぶ》りをしてしまった。

なんのことだかわからない。父さんの顔を見る。

「最後の球、あれはカーブだったのか？」

最後の球？　まさか、ひょっとして父さんは……。

「見てたの？」

「ああ、昨日、ちょっとお客さんのとこに行く用事があってな。その帰りに球場に寄ってみたんだ」

父さんは見ていたのか。

昨日の試合を。

僕が三振した場面を。

「10球以上は相手に投げさせたな。いい粘りだったぞ」

そう言って、父さんは笑った。

「でも、三振しちゃったから……」

「結果は仕方がない。お前はやるだけやったんだ」

「みんな僕に期待してたのに……。青葉学院から来た僕なら打てるって……」

父さんが小さくため息をついた。

「お前は、よくやったよ。だから、もうみんなに青葉で2軍だったことを素直に話してこい。でもいいか、お前はよくがんばったんだ。少なくとも、俺《おれ》はそれを知ってる。だから胸を張れ。お前は一生懸命《いっしょうけんめい》練習して、野球が十分にうまくなったよ」

嬉しかった。少なくとも父さんは、僕の味方なんだと思った。涙《なみだ》が出てきた。恥《は》ずかしいけれど、僕は小学生みたいに泣き出してしまった。

「泣くな、タカオ。いいんだ、いいんだ。よくここまでがんばってきた。父さん、お前を見直したよ」

逆に父さんは笑い出した。でもそれは、とても温かくて優しい笑い方だった。

「約束、覚えてるか？　ここでした約束。もう逃げないって約束したろう」

覚えていた。僕は小さくうなずいた。

「じゃあ逃げちゃダメだ。練習を続けよう。ホラ、投げるぞ」

そう言って父さんは、ボールを手にした。

「ちょっと待って！」

僕はそう言って、急いで涙をふいた。

父さんがフワリとボールを投げた。

まだ、涙で視界がぼやけている。でも、とりあえずボールは見えたので、僕は思い切りバットを振った。

キンという気持ちのいい音とともに、重いような軽いような不思議な感触《かんしょく》が手に伝わってきた。

ホームランだ。

もしネットがなかったら、きっと、どこまでもボールは飛んでいっただろう。

僕は、笑顔で父さんの顔を見た。

夏休みも終わりに近づき、野球部の練習が再開される日になった。

その練習初日、３年生にとっては、今日が野球部員として最後の日ということになる。

制服姿のままの３年生たちに対して、ユニフォーム姿の僕たちが向かい合って立つ。今井《いまい》キャプテンが、最後の挨拶《あいさつ》をしている。

「――で、新しいキャプテンには谷口を指名したいと思う」

急にそんな言葉が僕の耳に飛び込《こ》んできた。

えっ？　今なんて？

僕は周囲を見回す。逆に、みんなは僕のことを見ていた。

「あと、副キャプテンには小山を指名する。二人は力を合わせて、新しい墨谷野球部を作っていってほしい。以上だ」

そう言って今井さんは、他の３年生たちとともにグラウンドを離れていく。

僕がキャプテン？

いや、それはダメだ。僕はキャプテンになる資格なんかない。

「待ってください！」

自分でもびっくりするくらいの大きな声を出した。

みんなが僕のほうを見る。

今井さんたち3年生が、立ち止まって振り返る。僕は走り寄って言った。

「僕なんかにキャプテンはできません！　だって僕は、青葉学院で2軍の補欠だったんです！　みなさんに勘違《かんちが》いさせちゃって……。だから僕にキャプテンは無理です！」

思い切って言った。ようやく肩《かた》の荷を下ろすことができた。でも、ほっとすると同時に、みんなにどう思われているのだろうと気になってくる。

今井さんをはじめ、3年生のみなさんが不思議そうな顔で僕を見ていた。

「いや谷口、そんなこと、とっくに知ってるぞ」

今井さんがケロリと言った。

「へっ？」

「2軍の補欠かどうかはともかく、レギュラーじゃないのは、最初のノックですぐにわかった。勘違いしてた奴《やつ》もいるかもしれないけどな。それに、俺がお前をキャプテンに選んだのは、お前が青葉の野球部にいたからじゃないぞ」

「そう……なんですか」

なんだか力が抜けた。結局、青葉学院にとらわれていたのは、僕一人だったということか。

「谷口」

今井さんが声を強めた。

「今や、お前には実力があるじゃないか」

「実力？　ま、待ってください。僕は誤解から、青葉のレギュラーとして期待されました。今はただ、その期待を裏切らないよう努力することで精一杯《せいいっぱい》なんです。そ、それをキャプテンなんて重大な……」

「お前はその期待に、立派にこたえたじゃないか。陰の努力で！」

「えっ？」

「ずっとお父さんと練習を続けていたんだろ？」

「どうしてそれを？」

「いつだったか、グローブをして走っているお前を見かけたんだ。次の日、お前が走ってきた方向にさかのぼってみて、それでお父さんと練習しているところを見つけたんだ」

「そう……だったんですか」

「そういう努力が大切なんだ。だから俺は、お前をキャプテンに指名したんだ。谷口、今度はキャプテンとして、みんなの期待にこたえてくれないか？」

「……ハイ」

「ほら、後ろを見てみろ。みんな待ってるぞ」

僕は、振り返った。2年生と1年生たちが、すぐそこまで来ていた。

丸井が、その先頭に立っている。

「谷口キャプテン、練習しましょう！」

「ほら、丸井もああ言ってるぞ。もう行け！」

「ハイ！　ありがとうございました！」

腹の底から大声を出した。精一杯の感謝の気持ちを、今井さんに伝えたつもりだった。

ホームベースの近くで、新キャプテンとして、1、2年生たちに挨拶することになった。

緊張《きんちょう》する。みんなが僕のことを見ている。

でもビビっちゃダメだ。

さあ、行こう！　心の中で、僕は僕に声をかけた。

「キャプテンの谷口タカオです。よろしくお願いします！」

3rd

イニング

〈谷口〉

今日から二学期が始まる。そして僕《ぼく》にとっては、今日が正式に墨谷《すみや》野球部キャプテンとしてのスタートの日だ。

「がんばらなくっちゃ……」

僕は自分を奮《ふる》い立たせた。

本当の僕は、大きな声を出したりすることが苦手だ。でも、キャプテンともなれば、そんなことはいってられない。

練習が始まり、僕はなんとか大声を張り上げ、ランニングや準備体操、キャッチボールなどの指示を出した。

「よーし、ノックをするぞ！」

キャッチボールを終えると、僕はバットを手に、みんなにそう言った。

「おう！」と声があがり、みんながそれぞれ自分の守備位置に散っていく。

「よし、やるか」

そう言って、キャッチャーの小山《こやま》が、僕にボールを渡《わた》そうと、フワリと投げてきた。

あれ？　えっと？

瞬間的《しゅんかんてき》に頭がパニックになった。どっちの手でボールを捕《と》ればいいのかわからない。うろたえている間に、ボールは僕の胸に当たって、そのままコロコロと転がっていった。

「なにやってんだよ」

「いや、ごめん」

僕は慌《あわ》ててボールを追いかけて拾い上げた。でも、頭の中はすっかり混乱していた。

あれ？　ノックって、どっちの手でトスを上げたらいいんだ？

ノックは、自分でボールを軽く投げ上げて、それをバットで打つ。でもそのボールを、どっちの手で投げ上げればいいのかがわからない。

「どうしたんだよ？」

不思議そうな顔で小山が聞いてくる。

「ごめん、なんでもない」

のんびり考えている場合じゃない。僕は今、右手でボールを持っている。とりあえず僕はそのまま右手でボールを上げ、バットを振《ふ》った。

スン！

当たらなかった。

ポトリと地面に落ちたボールを見て、頭の中がグチャグチャになった。慌てて、今度は左手でボールを拾い上げると、すぐにトスを上げバットを振った。

またしても当たらなかった。

「マジかよ」

そんな声が聞こえて振り向くと、あきれたような目で、小山が僕のことを見ていた。

「それ、なんかの冗談《じょうだん》？」

「あれ、おかしいな」

僕は冗談めかした口調で言った。でも、声は震《ふる》えていたし、顔もひきつっていたと思う。とにかくノックをしなくちゃ。右手でも左手でも、どっちでもいい。うまくバットに当たってくれ。僕は神様に祈《いの》るような気持ちでバットを振った。

当たらない。

頭に血が上ったまま、僕は右手と左手で交互《こうご》にトスを上げ、そのすべてを空振りした。

グラウンドの雰囲気《ふんいき》が、はっきりと変わった。どうすればいいのかわからない。僕は逃《に》げ出したくなった。

「谷口《たにぐち》さーん、ノックなんて俺《おれ》がやりますよ！」

丸井《まるい》がすっ飛んできた。そして、もぎ取るように僕からバットを奪《うば》うと、

「俺がノックでいいですよね？」

と小山に聞いた。

１年生がノッカーになるというのも変な話だ。だけど、なんとなく丸井の勢いに押《お》されて、小山も「ああ」と答えた。

丸井はすかさず内野に向き直ると「行きます！」と言ってノックを始めた。

キンという気持ちのいい音とともに、力強い球がグラウンドを走った。野手がボールを捕り、それを小山に返す。いつもの練習風景が戻った。

とりあえずほっとした。でも、本当は泣きたいような気分だった。ノックがあんなにも難しいとは考えもしなかった。ティーバッティングでは気持ちよく打てるのに、なにがそんなに違《ちが》うというのだろう。

僕は、グラウンドの隅《すみ》にあるベンチに座り、ノックを続ける丸井の姿を眺《なが》めた。

丸井は左手でボールを上げていた。

父さんはどっちの手だったろう？　父さんは、右手で上げていたような気がする。

要するに、どっちでもいいというのが結論のようだ。

それにしても、とんでもなく情けない姿を、みんなにさらしてしまった。キャプテン失格だと思う。僕を選んでくれた今井《いまい》さんに申し訳ない。

今井さんの言葉がよみがえってきた。

(――そういう努力が大切なんだ。だから俺は、お前をキャプテンに指名したんだ)

今井さんは僕にそう話してくれた。

そうだ。

僕は野球がうまかったから、キャプテンに選ばれたわけじゃない。下手くそでもコツコツと努力を続ける姿勢が、評価されたんだ。僕はそのことを思い出した。

だったらノックの練習をしよう。初日からくじけてどうする。できなければ、できるようになるまで練習をすればいいじゃないか。

今日からさっそく、父さんの会社に行ってノックの練習をしよう。それにはまず、見て勉強することから始めよう。

僕は、食い入るように丸井のノックを見つめた。

学校の練習が終わると、僕は走って父さんの会社まで行った。

バッティングネットを引っ張り出し、練習の準備をする。

丸井のマネをして、僕は左手でトスを上げることにした。右手でバットを握《にぎ》り、左手にボールを持って構える。

丸井のノックを研究したおかげで、いくつかわかったことがあった。

たとえばトス。丸井は頭の高さまでフワリとボールを上げていた。僕はせいぜいあごのあたりだった。だからボールをしっかり見る余裕《よゆう》もなく、慌ててバットを振っては空振りばかりしていたのだ。

ボールを打つ位置も丸井はだいぶ違った。通常のバッティングのときよりも、かなり前のほうでボールを叩《たた》いていた。左足よりも、もっと前のあたりだった。

そんなことを頭の中で復習してから、僕は小さく深呼吸をした。

まずは確実にバットに当てること。それだけに集中しよう。

トスを上げ、僕はボールをよく見てバットを振った。

チッ、とこするような音。

当たった。いや、かすっただけ。でも、とりあえずほっとする。ジャストミートではないけれど、今日の部活のときよりはずっといい。研究はムダじゃなさそうだ。とはいえ、たった一球当たったぐらいで喜んでちゃダメだ。

僕は当てることだけに集中しながら、ひたすらバットを振り続けた。次第に、なんとか空振りせずに当てられるようになってきた。当てることに精一杯《せいいっぱい》で、まだ狙《ねら》ったところには打ててないけれど……。

「キャプテンになったらなったで、いろいろたいへんなんだな」

黙々《もくもく》と練習を続ける僕に、仕事を終えた父さんが声をかけてきた。今日はノックの練習がしたかったので、僕は父さんを呼ばず、バッティングネットを相手に一人でバットを振り続けていた。

「うるさいよ、邪魔《じゃま》しないで」

せっかくコツがつかめてきたんだから、静かにしてほしい。そんな気持ちもあって、僕はバッサリと父さんにそう言った。

確実に当たるようになってくると、心にも余裕が出てくる。僕はいろいろと打ち方の研究を始めた。ノックは守備練習のためにやるものだから、いろいろな種類のボールを、狙ったところに打たなくてはならない。

高い位置で打つのと、低い位置で打つのでは、ボールの飛び方に違いがあることがわかってきた。ボールの上を叩くのと下を叩くのでも、飛び方が全然違う。丸井がボールを前のほうで叩いていた理由もわかった。そのほうが、体の近くで打つときよりも腕《うで》に余裕があって、バットをコントロールしやすかった。

ある程度できるようになってくると、だんだん人を相手にノックをしたくなってきた。

「父さん、ちょっとグローブして、そこに立ってくれる？」

僕は、そう父さんに声をかけた。

ところが父さんはそっぽを向く。あれ、どうしたんだろう。

「どうしたの？　ボールを受けてよ」

「お前が邪魔するなって言うから、静かにしてるんじゃないか」

なんだかすねたような顔を父さんはしている。

「父さん、いじけてんの？」

「いじけるって言うな。タカオが邪魔するなって言うから、俺はただ……」

僕は吹き出してしまった。まったく子供じゃないんだからと思う。

「ごめん悪かった。でも父さんの協力が必要なんだ」

そう言うと、僕は無理やりグローブを父さんに渡した。

「お願いだから。ちゃんと感謝してるんだからさ」

「ま、しょうがねえ。やるとしますか」

口では面倒くさそうに言っているけど、案外嬉《うれ》しそうに父さんはグローブを構えた。

「でも、慣れてないんだから、お手柔《てやわ》らかに頼《たの》むぞ！」

「うん、わかってる。父さん、ホントにありがとう」

「おう」

僕はトスを上げ、父さんを相手にノックを始めた。


「よーし、じゃあノックをするぞ！」

キャッチボールを終えると、僕は大きな声でみんなに指示を出した。

すかさず丸井が飛んでくる。

「谷口さん、俺がノックしますよ！」

「いや、いいよ。僕がやるから」

僕は、バットを離《はな》さなかった。

丸井が心配そうな顔をする。いい奴《やつ》だなと思う。１年生だというのに、丸井は、本当にいろいろなことに気がついてくれる。

「大丈夫《だいじょうぶ》だから。今までノックを代わってくれてありがとう」

僕はボールを手に、バットを構えた。

丸井、見ていてくれ。そんな気持ちでいっぱいだった。練習の成果を、僕は誰《だれ》よりも丸井に見てほしかった。

「いくぞ！」

僕はショートの高木《たかぎ》めがけてノックを始めた。

鋭《するど》いゴロが走る。高木は、僕が打った球にまるで反応しない。

「ホラッ！　なにやってんだ！　気を抜くな！」

「わりぃ！」

高木が頭をかいた。きっと、僕がまた空振りをすると思ったのだろう。僕は次々と鋭い打球を高木に浴びせた。大きなバウンドと地を這《は》うようなゴロ。きっちりと、僕は打ち分けることができた。左右に散らすことだって万全だ。ギリギリで捕れそうなところへ、あえて打球を飛ばした。

「谷口さんすごいです！　ホントにすごいです。あらためて俺、谷口さんを尊敬します！」

丸井が興奮して言った。

「ありがとう。じゃあ、次は丸井にノックしようか」

「ハイ！」

丸井がグローブを抱《かか》えて、すっ飛んでセカンドのポジションについた。

「よし、丸井、厳しくいくぞ！」

「ハイ、お願いします！」

ノックを始めた。僕はギリギリで捕《と》れそうなところへ強い打球を飛ばした。丸井が飛びつく。

ボールはそのグローブの先をすり抜《ぬ》けていった。

「ホラ！　どうした！　今の捕れるだろ！」

「ハイッ！」

ユニフォームを泥《どろ》まみれにした丸井が、嬉しそうに答える。

いい雰囲気だと思った。

もちろんノックができるようになっただけで、キャプテンとして完璧《かんぺき》になれたわけじゃない。

きっとこれからも、いろいろな問題が出てくるだろうし、そのたびに落ち込んだりすることもあるのかもしれない。でも、そのたびに一つずつ解決していけばいい。僕はそんな風に思えるようになった。

二学期も半ばになり、すっかり涼《すず》しくなったころ、僕らの地区の秋季野球大会が始まった。

参加校は約30校。トーナメントを五回勝ち上がれば優勝ということになる。

一回戦の津田《つだ》中学戦は順調だった。最後の相手バッターを、松下《まつした》が高めの速球で三振にとって試《し》合終了《あいしゅうりょう》。5対0で僕たちの快勝だ。

「よしっ！」

僕はそう一声叫《さけ》んでマウンドに駆《か》け寄った。キャッチャーの小山をはじめ、野手がみんなマウンドの松下のところに集まってくる。

「ナイスピッチング！」

「初勝利！」

僕らは口々に、新チームとしての初勝利に喜びの声をあげ、ハイタッチをかわした。試合後の挨拶《あいさつ》を終えてロッカールームに戻ってからも、僕らの盛り上がりは止まらなかった。

「いやー楽勝でしたね！　いい気分ですよ！」

セカンドのレギュラーに抜擢《ばってき》された丸井が、嬉しそうに言った。

「丸井もナイスバッティングだったぞ」

「ありがとうございます！」

そんな僕たちの様子を、杉田《すぎた》先生がスケッチしていた。チラリと見ると、どうやら僕と丸井を描《か》いているようだ。鉛筆《えんぴつ》しか使ってないのに、ハイタッチをしている僕たち二人の姿が、びっくりするほど鮮《あざ》やかに描《えが》かれていた。

「お前ら、調子に乗んなよ！　今日は勝って当たり前。問題は次だぞ！」

浮《う》かれる僕たちに、小山がいましめるように言った。

しまった！　キャプテンである僕が言うべきことなのに……。まだまだダメだなと僕は反省をする。

確かに、問題は次の相手だ。

金成《きんせい》中学。かなりの強豪校《きょうごうこう》だ。

公立中学校であっても、伝統的に野球が強い学校というのがある。金成中はそんな学校だった。青葉学院にこそ勝てないものの、間違《まちが》いなく、僕たちの地区でトップクラス。ベスト4にはいつも残っていて、決勝まで進むこともしばしばあった。

一方の墨谷二中はというと、まったくの無名校……。過去五年間でベスト8に入ったことさえ一度もない。だから僕たちは、気を引き締《し》めて次の戦いにのぞまなくちゃいけない。


「おい、意外とたいしたことないんじゃないか」

「おう、なんか全然速くねえな」

金成のピッチャーの投球練習を見ながら、小山と遠藤《えんどう》が話をしている。

これから金成中との2回戦が始まる。小山と遠藤は、今井キャプテンのころからレギュラーだっただけに、バッティングや守備には、かなりの自信を持っている。

確かに相手ピッチャーの球は、それほど速いようには見えない。これなら勝てるんじゃないかと、僕もつい楽観してしまった。

ところが……。


やはり金成中は強かった。

6回の表を終わって0対4。かなりの差をつけられてしまった。

そして6回裏の金成の攻撃《こうげき》で、僕たちはさらに2点を追加された。これで0対6。勝つのは絶望的な状況《じょうきょう》になってしまった。

「ドンマイ、ドンマイ！」

僕はマウンドに駆《か》け寄り、松下に声をかけた。けれど、振り向いた松下の目を見て、ちょっとたじろいでしまった。

「なにがドンマイなんだよ！」

「イヤ……その……」

「6点も差がついたんだぞ！　ドンマイとか軽く言ってんなよ！　勝つ気あんのかよ！」

「おい松下、カッカするな。次のバッターで終わりにするぞ」

やってきたキャッチャーの小山が、そう言ってポンと松下の背中を叩いた。僕はサードのポジションに戻《もど》った。

（ドンマイとか軽く言ってんなよ！　勝つ気あんのかよ！）

松下の言葉がよみがえってきた。確かに、これだけの点差をつけられているのに「ドンマイ」なんて軽く言うのは、不用意だったかもしれない。

松下は、怒《いか》りをボールにぶつけるかのように投げ、最後のバッターを三振にきってとった。

7回表の攻撃。この回に、最低6点を奪《うば》わなければ僕たちの負けだ。ベンチの中にあきらめムードが漂《ただよ》っていた。

「やっぱ、金成はつえーな」

「でも点差ほどには、俺たち負けてないよな」

試合前と同じような調子で、小山と遠藤が話をしている。

「セコい野球だよな。バントとか多いし。あれで勝ってもおもしろくねーだろ」

そう言って二人は笑い合っている。

なんだろうこの気持ち……。

僕は、自分の胸のうちにある奇妙《きみょう》なひっかかりについて考えた。

負けているのに楽しそうにしている小山と遠藤が気になる。どうしてあの二人は、笑っていられるんだろうと思う。

でも、と自分に問い直す。僕もこういう野球がやりたかったはずだ。勝ち負けよりも、楽しくてノビノビとした野球がやりたくて、僕は墨谷に転校してきたのではなかったのか。

でも……。

僕はバットを持ってベンチを出た。この回の先頭打者として、なんとしても出塁《しゅつるい》しなくちゃいけない。

「谷口、気合い入れろよ！」

そんな怒鳴り声が聞こえて、僕は振り返った。

松下が僕を見ていた。その目は、マウンドで僕に向けたのと同じ目だった。

松下は悔《くや》しがっている。

エースとして投げ、6点を奪われた松下は、自分やチームにものすごく腹を立てている。そんな気持ちだけはビンビンと伝わってきた。

よし、気合いを入れよう。絶対に打つ。

そんな強い気持ちで、僕はバットを構えた。


〈松下〉


頭に来る。どいつもこいつも、こいつら負けて悔《くや》しくないのかよ。

俺《おれ》は、ベンチの壁《かべ》を蹴《け》とばしそうになり、すんでのところでなんとかこらえた。

「松下、落ち着けよ。最後のストレート良かったぞ」

小山が、そんな風に俺に声をかけてきた。

最後の球だけ良くても意味なんてない。一試合を通していい球を投げなきゃダメなんだ。

それにしても打たれすぎだ。やっぱり金成は強い。俺が低めのコントロールが苦手なのを知っているのか、最初から高めに的を絞ってきた。なんとか低めでストライクを取ろうと思うけど、ボールにしかならない。仕方がないからと高めに投げたら、ガツンだ。

でも、ウチの守備もひどかった。エラーが三つ。当たりはシングルなのに、スキをつかれてツーベースにされたこともあった。送りバントだって、簡単にやらせすぎたし……。

そんなことを考えながら、俺は打席に立つ谷口の様子を眺《なが》めた。

よく粘《ねば》っている。コツコツとファールを打ち、甘《あま》い球が来るのを待っている。フォアボールで出塁《しゅつるい》したっていい。点差がついてたって、試合をあきらめちゃダメなんだと思う。

「あいつ、なにセコセコ粘ってんだよ？」

「今さらフォアボールで出たって意味ねーよな！」

小山と遠藤が笑っている。なんで笑ってんだよ。谷口はがんばってんじゃねーか。

「谷口いいぞォ！　粘れ粘れ！」

俺は立ち上がり、大声で怒鳴《どな》った。小山と遠藤が、ちょっと驚《おどろ》いた顔でこっちを見ている。

「おい一年！　なにぼんやりしてんだ！　お前らも声を出せ！」

「谷口さん、ファイトォ！」

俺の声に、慌《あわ》てて一年連中が応援《おうえん》を始めた。なかでも丸井は、ひときわデカい声で声援《せいえん》を送っている。

ちょっと笑ってしまった。やっぱり丸井はいいムードメーカーだなと思う。

谷口がバットを振《ふ》った。

キンという気持ちいい音がグラウンドに響《ひび》く。いい当たりだ。これはデカいぞ！

打球は、ぐんぐんとライトセンター間に向かって飛んでいく。

「行けェ！」

俺たちは総立ちになった。

ホームランにはならなかった。ボールはフェンスに直接当たって、外野に跳ね返ってきた。

「走れ！」

「行け！」

夢中になって俺たちは叫《さけ》んだ。

谷口は、セカンドに滑《すべ》り込《こ》んだ。セーフ。二塁打《にるいだ》だ。

「よっしゃぁ！　ナイスバッティング！」

俺は、出せる限りのデカい声で、セカンドベースに立つ谷口に声援を送った。


〈谷口〉


結局、僕《ぼく》たちは試合に負けた。

0対6。最終回に僕はツーベースで出塁《しゅつるい》したものの、後が続かず完封《かんぷう》負けとなってしまった。

墨谷二中は2回戦負けだ。

悔《くや》しかった。「負けたけど、楽しくていい試合だった」なんて気分には、とてもなれない。

「谷口！」

帰り道、僕が一人で歩いていると松下が横に並んできた。

「松下？」

「おい谷口、ちょっとそこで休憩《きゅうけい》してこーぜ」

そう言って松下は、少し先にあるコンビニをあごで示した。僕たちは、コンビニで飲み物を買って、店の前にあるベンチに並んで腰《こし》を下ろした。

「腹立つよな」

松下が、コーラのペットボトルのふたを開けながら言った。

「なにが？」

「試合に決まってんだろ。お前、負けて悔しくないのかよ？」

「悔しいよ、もちろん」

試合のときの松下の表情を思い出した。僕も試合の結果に全然納得していなかったが、松下も同じように感じているらしい。そのことが少し嬉《うれ》しかった。

「なに笑ってんだよ！」

「ええ？　笑ってないって！」

「笑ったよ、人がまじめに話してるとき、笑ってんじゃねえって」

言い方はキツいけど、そんな松下の顔も少し笑っているように見える。そして松下はコーラを二口ほど飲むと、なにか言葉を探すように黙《だま》り込《こ》んだ。

僕も黙って、松下の言葉を待った。

「なあ、お前さ、ノックの練習とかしただろ？」

ずいぶん時間をおいてから、松下がポツリと言った。

「えっ、ノック？」

「そう。初日にあんなグダグダだったのに、二、三日したら普通にできるようになってただろ。あれ、練習しなくちゃ、あんな急にうまくなるわけないよな。だから、したのかなって思ってさ」

「うん、まあ……練習したかな」

「だよな」

そう短く言って松下は、また黙《だま》り込んだ。

僕は、買ったまま手に握《にぎ》りしめていたスポーツドリンクのふたをようやく開けて、一口飲んだ。

「そうだよな。やらなきゃ、できるようになるわけねえよな。カッコつけて適当にやったって、うまくならねえよ」

僕にというより、自分に言っているような松下の話し方だった。

なんとなく、松下の言いたいことがわかったような気がした。

僕たちは普段《ふだん》、あまりシャカリキになって、なにかを努力するということをしない。一生懸命《いっしょうけんめい》やって結果が出なかったら、それがすごくカッコ悪いことのように思えてしまうからだ。だから、最初からあんまりやる気がないみたいなフリをして、結果がダメだったときに備えておく。少なくとも僕には、そんなところがあった。

でも、それこそがカッコ悪いことだったと、今は感じる。

ずっと父さんと練習してきて、僕は楽しかった。がんばって練習して、できるようになることは楽しかった。

松下も今、自分の本当の気持ちを探しているはずだ。がむしゃらに練習をして、野球がうまくなりたいと思っている……。

よし。

僕は、試合が終わってからずっと考えていたことを、松下に話してみようと思った。

残ったドリンクを一気飲みする。なんとなく、そうすることで勢いがつくような気がした。

そして、飲み終えると、

「もっと厳しくいきたいと思うんだ」

と松下に声をかけた。

「なんだよ急に？　なにを厳しくするんだよ」

「野球部の練習。もっとハードにしたいなって思って」

「お前がそう思うんだったら、そうしたらいいんじゃねえの」

そんな素っ気ない言い方を松下はした。でも、顔は嬉しそうだ。やっぱり僕は間違《まちが》ってなかったんだと思う。

「じゃあ、松下も協力してよ」

「なにを？」

「だから練習とかいろいろ。僕一人じゃ難しいこともあるかもしれないから」

「そうか？　お前はキャプテンなんだから、やるぞってビシッと命令すればいいだろ」

確かにそうだと思う。でも、情けないけど、一人でみんなを引っ張っていく自信も実力も、今の僕には……。

「ハハハ。わかったよ。突《つ》き放して悪かったよ。協力するさ。なにをどーすればいいか、わかんねえけど」

笑いながら松下はそう言って、下を向いてしまった僕の顔をのぞき込んだ。そんな松下と目が合って、僕もつられて笑った。ひとしきり二人で笑い合う。

「よし！　そんじゃあ明日から、ビシッといくか！」

松下はそう言うと、勢いよくベンチから立ち上がり、残ったコーラをグイッと飲み干した。

そして、バスケットボールのフリースローのような体勢になり、空になったペットボトルを3メートルほど先にあるゴミ箱に向かってフワリと投げる。

カランと、見事にゴミ箱に入った。

どんなもんだという目で、松下が僕のことを見ている。

負けるわけにはいかない。僕も立ち上がり、同じようにしてペットボトルを投げた。

カランと、ばっちり僕のも入った。

こんなことに意味なんてない。でも、これで大丈夫《だいじょうぶ》だという気持ちになった。


「朝練をちゃんとやろう！」

翌日の野球部のミーティングで、僕はそんな提案をした。

今までも、朝練をやってはいた。学校に集まるのが7時過ぎで、練習が始まるのが7時半ごろ。そこから40分ほど、キャッチボールやノック、バッティングなどをして時間を過ごす。でも、はっきりいって惰性《だせい》でやっていたにすぎなかった。僕はそれを、もっと充実《じゅうじつ》した練習にしたいと思った。

「6時集合で、練習開始を6時10分からにしよう。それで2時間、しっかり練習できる。放課後と合わせれば、毎日5時間以上の練習時間が確保できるから」

「お前、それマジで言ってんの？」

小山が言った。なんだか不服そうな顔をしていた。

「もちろん。勝つために、ちゃんとした練習をしようと思って」

「今までだって、ちゃんとやってたろうよ！」

強い言い方だった。僕は、少しひるんでしまった。

「ウン、もちろん今までもちゃんとやっていたと思うけど。僕はそれを、なんていうか……」

言葉に詰《つ》まってしまった。小山の強い言葉にひるんで、言いたいことが言えない。こういうところが僕はダメなんだ。きちんと自分の考えを、言葉で伝えられるようにならなきゃ……。

「いいんじゃねーの。そこそこ厳しいのもありだと思うぜ」

松下が割り込んできた。そして、僕のほうをチラリと見て笑う。これでいいんだろうと、その目が言っていた。

「俺も今までのウチの練習、ちょっと甘《あま》いと思ってたんだよな。やる以上は勝ちたいだろ。勝つためには、厳しくいくのも悪くねーと思うぞ」

「そりゃあ、松下がそう言うんだったら、別にやってもいいんだけどよ」

さすがにバッテリーを組む松下には、小山も強く当たれないようだ。しぶしぶといった感じで、そんな風に答えた。

「よし、じゃあやろうぜ。俺は、いい加減、自分のコントロールの悪さに頭に来てんだよ。少し投げ込みに付き合ってくれよ」

「おう……。じゃあ、やるか」

「そうですよ、やりましょうよ！　なんか金成に負けて、俺、すごい悔しいんスよ！　もっと練習して、バッチリうまくなってやりましょう！」

丸井も声をあげてくれた。とても助かる。どうやらこれで、朝練の提案は、みんなに受け入れられたようだ。

「よし、やろう。練習は絶対に裏切らないから！」

僕は、みんなに向かって、そう言い切った。「練習は裏切らない」。これは前キャプテンである今井さんが、僕に言ってくれた言葉だ。あのときは三振《さんしん》してしまったけれど、この言葉だけは絶対に正しいと、僕は信じている。

朝練では、ノックやバッティングなど、今まで放課後にやっていた練習を中心にやることにした。練習の仕方も工夫した。たとえば守備練習なら、ノッカーを三人に増やして、効率の良い練習をするように心がけた。打撃練習も、グラウンドを大きく使ってのフリーバッティングと、ネット裏のスペースを使ってのティーバッティングを並行してやるようにした。とにかく密度を濃く、内容のある練習を、僕はやりたかった。

そして放課後の練習では、チームプレーなどを重点的にやることにした。たとえば送りバントの処理。実際にランナーを置いて、僕たちは、何度も同じことをくりかえした。

こういう練習を重視するのは、金成中との試合から学んだことだ。金成中は、守備の連係や送りバントなど、確実性を必要とするプレーを、ただの一度もミスをしなかった。そして、その差が、結果として試合の勝敗に結びついていたんだと思う。

墨谷には、剛速球《ごうそっきゅう》を投げるピッチャーも、軽々とホームランを打つ強打者もいない。だからこそ、僕はチームプレーをしっかり身につけるべきだと考えていた。

「小山、ちゃんと指示を出さないと！」

送りバントの練習のとき、僕はキャッチャーの小山に注文をつけた。ノーアウトランナー一《いち》塁《るい》での送りバントの処理は、ファーストに投げて確実にワンアウトを取るか、セカンドに投げてランナーの進塁を阻止《そし》するか、そのどちらかだ。

今までの墨谷は、決まってファーストに投げていた。でも、金成中との試合であまりに簡単にバントを決められた反省から、僕たちはセカンドに投げる守備にチャレンジしていた。

その重要なカギがキャッチャーだ。ファーストとセカンドのどちらに投げるかは、キャッチャーが指示を出す。つまり、小山の見極めにかかっている。

「お前らのダッシュが遅《おそ》いんだよ！　もっと気合いで突《つ》っ込《こ》んでこいよ！」

小山が僕に言い返した。ときにこんな風に、僕たちはやり合った。でも、本当に強いチームになるためには必要なことだと、僕は考えていた。

そして、小山は正捕手《せいほしゅ》として、松下のピッチング練習にもしっかりと付き合っている。

最初は練習を増やすことに不満そうだったけど、小山は副キャプテンとしてよくやってくれている。

いい予感がする。このまま冬にかけ、徹底的《てっていてき》に鍛《きた》えていこうと思う。来年が楽しみになってきた。それに、新しい1年生は、どんな選手が入ってくるんだろう。

そう思うと、僕のワクワクは止まることがなかった。

〈小山〉

俺《おれ》は、遠藤と浅間《あさま》と三人で帰りながら、なんだかムカムカとしていた。気分をスッキリさせたくて、途中《とちゅう》の自販機《じはんき》でコーラを買う。

「なんかよ、谷口、ちょっと調子に乗りすぎじゃね?」

そう言いながら缶《かん》のふたを開け、俺は一気に半分ほどコーラをノドに流し込《こ》んだ。やっぱり練習の後の炭酸は最高だ。ノドがヒリヒリとして、元気がすぐに回復してくる。

「そうだよな。小山、お前、谷口に文句言ってやれよ。副キャプテンなんだからさ」

遠藤が俺に続いて、小銭《こぜに》をジャラジャラと自販機に流し込みながら言った。その言葉に俺はうなずく。ところが……。

「そうかな。あれくらい、むしろ普通《ふつう》なんじゃねえの」

浅間はいつもこんな具合だ。はっきりしないくせに、俺に同調もしない。こいつは、谷口の味方なんだろうか？　家の方向が同じだから一緒《いっしょ》に帰っているけど、こいつとはどうも付き合いにくい。

「だってよ、浅間。あいつ青葉で2軍の補欠だったんだろ。なんでそんな奴《やつ》に、俺たちが厳しくされなきゃいけないんだよ？」

「そんなこと言ったって、今の谷口はうまいだろ」

「そ、そんなでもねーよ」

「小山さあ、ホントは自分がキャプテンやりたかったから、谷口のこと認められないだけじゃねーの？」

「ちげーよバカ！　ふざけんな！」

思わず大声を出してしまった。

「なんだよ、図星だからって、そんなに怒《おこ》んなよ」

声こそ小さくなったものの、浅間はしっかりと言い返してきた。

まったくムカつく。松下といい、浅間といい、丸井といい、谷口の味方をする奴が、俺は、どうも気にくわない。

俺は飲み終えた空き缶を、グシャと踏《ふ》みつぶした。

4th

イニング

春になり、僕《ぼく》は3年生になった。

今日から新学期が始まる。桜はもうだいぶ散ってしまったけれど、春らしいとてもふんわりとした気持ちのいい日だった。

グラウンドには、野球部への入部や仮入部を希望する新1年生たちが集まっていた。

「おい、あの端《はし》にいるちっこいのがイガラシだろ」

並んだ1年生を見ながら、小山《こやま》が僕に声をかけた。

「有名なの？」

「知らないのかよ。あんなちっこくて猿《さる》みたいな顔してるくせに、野球はメチャメチャうまいって評判だぞ」

へえ1、と僕は感心する。顔はともかく、あの小さな体でそこまで知られているなら、相当野球センスがあるのだろう。早くイガラシのプレーを見てみたいと思った。

「そんなにすごいのなら、春の大会で使ってみようか。レギュラーはまだでも、代打でとかならありなんじゃないかな」

小山がしぶい顔になった。

「いや、そりゃあねえよ。ウチの野球部はどんなにうまくても、秋までは1年を試合には出させないって決まりがあるんだ」

「決まり？」

「伝統ってやつだ。しかも、春の大会が終わるまでは、1年には基礎《きそ》トレと球拾いしかやらせない。ノックもバッティングもなしだ」

「そうなの？」

「ああ。谷口《たにぐち》は2年の途中《とちゅう》から入ってきたから知らないと思うけど、とにかくそういうことになってんだよ。まずは体力作りと、野球部の雰囲気《ふんいき》に慣《な》れろってことだ。まあ、春の大会が終わっても、3年が引退するまでは、あんまりたいした練習はさせないけどな。去年の丸井《まるい》たちもそうだったろ」

あまりよく覚えていない。そのころの僕は、自分のことだけで精一杯《せいいっぱい》だった。確かに、1年生たちは、それほど守備や打撃《だげき》の練習をしていなかったかもしれない。

「でも、なんだかもったいないね」

「まあしょうがねえ。それが伝統ってやつだ」

なるほどそういうものか。なんだか理屈に合わないような気もするけど、「伝統だから」と言われたら納得するよりない。とりあえず、春の大会までは、１年生には球拾いだけをやってもらおう。

　ところが……。

イガラシは、ちょいちょい練習終わりなどに、自分の待遇《たいぐう》に不満を漏《も》らした。

「あーあ、球拾いばっかじゃつまんないよなぁ」

「声出ししたって、野球がうまくなるわけじゃないのに……」

などなど。

入部したての１年生とは思えないほどの態度に、上級生たちはカッカとしていた。

「イガラシ、いい加減にしろよ！」

ある日の練習終わりに、ついに丸井が怒《いか》り出した。

「口の利《き》き方に気をつけろ！　それが先輩《せんぱい》に対する態度か！」

今にも殴《なぐ》りかかりそうな勢いだったので、僕は、慌《あわ》てて間に入った。

「丸井、やめろって！」

「だって、キャプテン、こいつが！」

「とにかく落ち着いて、僕が話すから」

なんとか丸井をなだめて、僕はグラウンドの隅にあるベンチに、イガラシを連れていった。そして、二人で並んで座る。

「イガラシさ、もう少し態度をなんとかしないと……」

「だって、おかしいじゃないですか、1年だから球拾いだけなんて。そんなのフェアじゃないですよ」

イガラシは、挑《いど》むような目で僕を見てくる。相手が上級生とかキャプテンとかに関係なく、しっかりと自分の意見を言えるのはすごいと思った。

「野球部に入ったのに、野球の練習ができないなんて理《り》不《ふ》尽《じん》です」

フェアとか理不尽とか、少し前まで小学生だったとは思えないほどのボキャブラリーだ。きっと野球だけでなく、勉強もできるんだろうなと僕は思った。

でも正直にいえば、イガラシの気持ちが、僕にはよくわかった。僕も青《あお》葉《ば》学《がく》院《いん》では、ほとんど練習をやらせてもらえなかったのだから。

「でも、それが墨《すみ》谷《や》野球部の伝統なんだからさ」

「つまり谷口キャプテンも、その伝統とやらを認めてるんですか?」

「い……いや……」

僕は答えに詰《つ》まってしまった。

新1年生に突《つ》っ込《こ》まれてタジタジになるキャプテンなんて、自分でも情けないと思うけど、確かに僕自身はどう考えているのだろう。

決まりだ、伝統だといわれて、僕は深く考えもせず、それに従っていただけだった。

僕が答えられないでいると、それ以上はイガラシも突っ込んではこなかった。そして二人でぼんやりと夕陽を眺《なが》める。

「谷口さんて、青葉学院にいたんですよね？」

急にイガラシが、話題を変えてきた。

「うん……まあ……。でも、どうして？」

「いえ、別に」

さっきまでの理路整然とした感じが消え、小さくそう答えたまま、イガラシは沈《しず》んでいく夕陽を眺めている。

なにを考えているんだろう？　夕陽に照らされたイガラシの横顔が、なんだかとても寂《さび》しそうに見えた。

〈イガラシ〉

のれんの隙間《すきま》からのぞいたらお客さんがいたので、俺《おれ》は裏口から家に入ることにした。

「ただいま」

「おかえり！」

厨房《ちゅうぼう》から母さんの声が聞こえた。チラリと見ると、父さんはちょうどラーメンの湯切りをしているところだった。職人気質の父さんは、料理の最中にはムダ話をいっさいしない。

『ラーメン　いがらし亭《てい》』

これが俺のウチだ。

「ごはんできてるから、勝手に食べちゃってな」

母さんが居間をのぞき込《こ》んで言った。わざわざ言われなくても食べるけど、必ずこの一言を母さんは俺たちに言ってくる。

「兄ちゃん、お帰り」

弟の慎二《しんじ》が二階から下りてきた。慎二はいつも俺が帰ってくるまで、晩めしを食わないでいる。

「野球部どうだった？　今日は練習させてもらえた？」

「いや、今日もダメ。それが伝統なんだってさ」

「えっ、なにが伝統なの？」

「だから、1年が球拾いしかしないのは、墨谷野球部の伝統なんだってさ」

「なにそれ？　じゃあ僕《ぼく》が墨谷に入っても、最初は球拾いばっかなわけ？」

「安心しろ。慎二がウチに入ってくるときには、俺はもう3年だから。そんなくだらないルールは変えといてやるよ」

慎二が嬉《うれ》しそうな顔で俺を見た。

「じゃあ兄ちゃん、今日も練習する？」

「ああ。だから早くめしを食っちゃおうぜ」

晩めしを食った後、俺たちは、毎日のように河川敷《かせんしき》まで行って野球の練習をしている。学校でやらせてもらえないんだから仕方がない。少しでも練習不足を補いたかった。暗くてボールもよく見えないし、草むらに入ったボールを探している時間のほうが、練習しているよりも長いこともあるけれど、なんにもやらないで勘《かん》を鈍《にぶ》らせてしまうよりはマシだ。

それにしても……と、俺は谷口さんのことを考える。

谷口さんは青葉学院の野球部にいたらしい。どういう理由か知らないけれど、そこから墨谷二中に転校してきたそうだ。俺の見たところ、谷口さんは墨谷野球部の中でいちばんうまいと思う。でも青葉学院のころの谷口さんは、2軍の補欠だったらしい。

だとすると、青葉学院の野球は、とんでもなくレベルが高いということになる。

そんなレベルで野球がやってみたかった。

学力的には問題ないはずだった。担任の先生も、よほどの大失敗をしない限り、青葉学院に合格できるだろうと言ってくれた。

でも俺は結局、青葉学院を受験すらしなかった。

家の経済状況《けいざいじょうきょう》を考えたからだ。とてもではないが、中高一貫《いっかん》の私立に子供を通わせるだけの金が、ウチにあるとは思えなかった。担任の先生は残念がってくれたけど、俺が青葉学院に行きたいと考えていたことを、親には絶対に話さないでくれと、俺は先生に頼《たの》んでおいた。

公立中学でも野球はできる。俺は気持ちを切り替《か》えて、墨谷二中で野球をがんばろうと決心していた。

それなのにこれだ。バカな伝統のおかげで、野球の練習すら、俺は我慢《がまん》しなくちゃならない。

春の大会が終われば、1年もある程度、守備や打撃《だげき》の練習もできるようになるらしい。でも、試合には二学期になるまで絶対に出られないとのことだ。

バカバカしい。墨谷のくせに、伝統なんて！

でも、俺は絶対に野球だけはあきらめない。

勉強よりもなによりも、俺は野球が好きだ。いつの日か必ず、俺はグラウンドに立つ。その日のために練習を続けよう。青葉学院なんかに行かなくてよかった。墨谷野球部でよかったんだ。そう思える日が来ることを信じて、前向きに練習をしていこうと思う。


〈谷口〉


春の大会が始まった。僕《ぼく》たちは、1回戦の桜台《さくらだい》中学戦を4対2、2回戦の福山《ふくやま》中学戦を3対1で勝ち、ベスト8に進出を決めた。

ベスト8まで進出できたのは、墨谷野球部としては、六年ぶりのことらしい。去年からずっとやってきた地道な練習の成果が、少しずつ出てきたんだと思う。

それなのに福山中に勝った後のロッカールームで、僕たちはまるで負け試合の後のように静かだった。

次の相手が、青葉学院だとわかっていたからだ。

「なんか、次のことを考えると、勝ってもあんまり嬉《うれ》しくないな」

「青葉に3回でコールド負けとかしたらどうする？」

「いや、する可能性大だろ。青葉って、地区大会は全部コールド勝ちしてんだからさ。1回戦の江東《こうとう》中なんて、1回で20点取られて、このままじゃ試合が終わらないからって棄権《きけん》したっていうぜ」

「……せめて5回ぐらいまでは、試合したいよな」

荷物を片付けながら、みんながそんなことを話している。

そんな弱気なこと言うなよ、がんばろうよ。僕はキャプテンとして、本当はそう言って、みんなを励ますべきだったのかもしれない。でも、僕自身も青葉と戦うということに怖《お》じ気《け》づいていた。それくらい、青葉学院はとんでもない存在だった。

そしていよいよ、青葉学院との試合の日を迎《むか》えた。

青葉が試合前の練習をしている。雰囲気《ふんいき》に飲まれてしまっているのか、小山や遠藤《えんどう》たちも、いつもの軽口をたたかず、じっと青葉の守備練習に見入っている。

そして僕はというと、青葉にいたころにいちばん仲の良かった吉田《よしだ》の姿を、グラウンドに探していた。吉田は、グラウンドにはいなかった。ベンチの中を見る。いない。僕はスタンドへと視線を移した。

吉田はスタンドにいた。ベンチ入りできなかったんだなと、僕はため息をついた。

青葉学院の野球部には、各学年に三十人以上の部員がいる。3学年合わせると百人を超《こ》す大所帯だ。しかも徹底した実力主義なので、1年や2年であっても優秀《ゆうしゅう》であればレギュラー入りできるし、たとえ3年生であったとしても、実力がなければベンチに入ることができない。なかには、三年間一度もベンチに入ることなく、スタンドから応援《おうえん》し続ける者もいる。

吉田の気持ちを考えると胸が痛い。

吉田は、監督《かんとく》にちゃんと名前を覚えてもらったんだろうか。

青葉学院のころのイヤな思い出が、くっきりとよみがえってきた。

「絶対、監督は僕たちの名前を覚えてないよね」

そんなことを言い合いながら、僕と吉田は、野球部の練習が終わった後、よく二人で一緒に帰った。青葉の監督は、川原《かわはら》という全国でも名の知れた指導者だった。野球部員だけで百人以上いるのだから、監督が部員全員の名前を覚えていなくても、無理はない。それだけなら笑い話ですむ。けれど、2軍の紅白戦でとても悲しいことが起きた。

「谷口ってのは誰《だれ》なんだ？　名前なんて言われてもわからんよ！」

ベンチで監督が怒鳴《どな》った。

2軍の紅白戦は、誰でも一度は必ず試合に出るチャンスがある。投手ならマウンドに、野手なら打席に立つことになる。とはいえ、2軍だけで七十人以上いるのだから、休みの日を利用して、一日に3試合行い、そのどこかでの出場ということになる。

ところがその日、僕は試合に出ることなく、最後の3試合目が終わってしまった。

「お前か、谷口ってのは？　早く来い！」

チームの誰かが、僕が試合に出ていないことを監督に言ったらしい。

「さっさと打席に立て。この回だけ特別に、フォーアウトでチェンジだ」

監督の権限は絶対だ。その場で特別ルールが作られた。終わったはずの試合が延長されて、僕たちのチームだけ、7回の攻撃《こうげき》はスリーアウトではなく、フォーアウトでチェンジということになった。

「まったく、名門になるのも考えもんだな。人数が多すぎるんだ」

バッターボックスに向かう僕の背中に、ベンチでつぶやく監督の声が聞こえた。

僕の心の中では、弱気の虫が暴れていた。屈辱《くつじょく》……、そんな言葉が頭を巡《めぐ》った。いいところを見せてやろうなんて気持ちには、とてもではないが、なれなかった。

バットを一度も振《ふ》らずに、見逃《みのが》しの3球三振《さんしん》。

悔《くや》しいというより、悲しかった。監督はなにも言わなかった。ただあきれたような目で、僕をチラリと見ただけだった。

その日から、僕は青葉学院をやめたいと思うようになった。


〈松下〉


ひょっとして俺《おれ》たちが強くなったのかな？

まあリードされてんだから、こんなこと思うのは変なんだけど……。

2回の表。0対2で負けている。でも、青葉は普通《ふつう》2回で10点ぐらい取るんだから、むしろよくやってるほうだと思う。

「いいよ、いいよ。松下《まつした》、どんどん打たせていこう！」

谷口が、しつこいぐらいマウンドに来ては、声をかけてくる。

うるせえな。俺は、打たせてとるピッチングなんてしてないっての。そもそもそんな器用なピッチングはできないんだって。

さすがに、青葉は三振《さんしん》してくれないな。こっちは、全部三振とるつもりで投げてんだけどさ。

よし、今度こそ三振だ。

やべっ！　打たれた！　と思ったら、谷口が横っ飛びでライナーを捕《と》った。

「ナイスキャッチ！」

思わず大声が出た。

やっぱり俺たちは鍛《きた》えられたんだな。ファインプレーの連発だ。秋から冬にかけて、うんざりするぐらい守備の練習をやってきた成果が、ここにきて出ているんだと思う。

「ナイスキャッチ！」

まだチェンジでもないのに、ショートの高木《たかぎ》だけでなく、セカンドの丸井までもが谷口に駆《か》け寄っている。

いいムードだ。いいプレーは、チームの雰囲気《ふんいき》をすごく盛り上げてくれる。

よし、俺もやるぞ。渾身《こんしん》の力を込《こ》め、俺は次のバッターに投げ込んでいった。

〈小山〉

「ナイスピッチ！」

3回の表がチェンジになって、俺《おれ》はベンチに向かう松下のほうに駆《か》け寄っていった。

俺たちはこの試合初めて、青葉の攻撃《こうげき》を無得点に抑《おさ》えることができた。

「このくらいでほめるなよ。まだ一個も、三振《さんしん》とれてないんだから」

松下はそんな風にうそぶきながら、嬉《うれ》しそうに笑っている。

「バカ。贅沢《ぜいたく》言ってんじゃねえよ。相手はあの青葉だぜ」

俺はそう笑って答えて、ねぎらうように松下の肩《かた》を叩《たた》いた。

「なあ小山、もう少し低めのボール球を有効に使おうぜ。せっかくコントロールができるようになってきたんだからよ」

「おう、そうするか」

そんなことを話し合いながら、俺たちはベンチに座る。

試合には負けているけど、チームの雰囲気《ふんいき》はいい。当然だ。あの青葉を相手に、善戦をしているんだから。

「俺たち、けっこうやれてんじゃないスか？」

丸井が嬉しそうに言った。

「うん、でも丸井、浮《う》かれちゃダメだよ。青葉の強さは、こんなもんじゃないんだから」

谷口がそんな風に言って、丸井を打席に送り出した。

まったくシラケる奴《やつ》だな。これから打席に立つんだから、もっと前向きなことを言って励《はげ》ますか、具体的な指示を出してやるのがキャプテンだろうに。

「でも、正直、青葉もたいしたことないよな」

遠藤がそう言い出した。

実際、遠藤は第一打席でヒットを打っていた。

残念ながら第一打席の俺は、凡退《ぼんたい》をしてしまった。でも確かに、今日の青葉のピッチャーの球はたいしたことなかった。やっぱりこの春から始めた練習が効果的だったのかなと思う。

「みんな、あのくらいのスピード、打てて当たり前だからな！　ホント、この俺に近くから投げさせるとか、ふざけた真似《まね》をしやがって！」

松下がおどけた調子で言った。

まったく……。

俺はあの練習のときのことを思い出して、少し笑ってしまった。

松下はピッチャーだけあって、なかなか「俺様」な性格だ。そんなプライドの高い松下に、普通《ふつう》の距離《きょり》より一メートルほど前から投げてもらって、俺たちはフリーバッティングの練習をやった。青葉のスピードボールに慣れるためだと言って、谷口が考えた練習だ。「なんだよ、俺のスピードじゃ練習にならないって言うのかよ」と松下がブツクサ言うので、俺はなだめるのにたいへんだったけど……。

でも、やってよかったなと、今は思う。

もう少し速い球でも打てそうな気がするくらいだ。

丸井がバントの構えをした。セーフティバントだ。

成功した。丸井は、本当に器用ですばしこい奴だ。

「いいぞ、丸井！」

「ナイスバント！」

俺たちは口々に叫《さけ》んだ。

さあ反撃《はんげき》だ。谷口のサインは送りバントだった。谷口らしい采配《さいはい》だ。でも、確かに青葉から1点を奪《うば》えば、チームはもっと盛り上がるだろう。

島田《しまだ》が送りバントをきっちりと決め、高木が打席に入った。

高木がバットを振《ふ》った。気持ちいい金属音がグラウンドに響《ひび》く。やった、いい当たりだ！

俺たちは総立ちになった。

打球はセンター前に抜《ぬ》けた。サードのランナーコーチが、腕《うで》をグルグルと回している。丸井は、ためらうことなくサードを蹴《け》った。

「行け！　行け！」

俺たちは大声を出した。

やっぱり青葉はよく鍛《きた》えられている。普通なら余裕《よゆう》で1点が入る当たりだったのに、クロスプレーのタイミングになった。

丸井が、頭から滑《すべ》り込《こ》んだ。タッチ。主審《しゅしん》の手が横に大きく開いた。

セーフだ！　俺たちは青葉から1点を奪った。

丸井が飛び跳《は》ねるようにベンチに戻《もど》ってきた。

「ナイスラン！」

「セーフティバントとか、やるなあ！」

俺たちは、バチバチと丸井の頭や背中をメチャクチャに叩《たた》いて初得点を祝った。

「痛いですって、先輩《せんぱい》っ！」

丸井が嬉しそうに悲鳴をあげる。

よし、いいムードだ。

早く俺に打順が回ってこいと思う。次の打席は絶対に打つ。ていうか、打てる自信がある。

青葉なんてたいしたことない。俺は本気でそう思った。


〈谷口〉


ものすごくいい雰囲気《ふんいき》だ。僕《ぼく》たちは今、最高に気合いが入っている。

4回を終わって、なんと4対4の同点。あの青葉と互角《ごかく》のスコアで戦っているのだから、みんながヒートアップするのもわかる。

でも、だからこそ、不安も大きくなる。

そろそろ来るはずだ。間違《まちが》いなく青葉は動いてくる。

青葉のベンチから伝令が出てきた。審判《しんぱん》に選手交代を告げる。やっぱり、代打攻勢《だいだこうせい》をかけてくるつもりだ。

「松下、これからレギュラーが出てくるぞ。今まで以上に気合いを入れて投げてくれ」

僕は、マウンドに駆《か》け寄って松下に声をかけた。

松下が不思議そうな顔で僕を見る。

「どういうことだ、谷口？　今までの奴《やつ》らはなんだったんだよ」

「今までのは、レギュラーじゃなかったんだ」

すぐに試合が再開されるから、あんまり詳《くわ》しく話している余裕《よゆう》はない。僕は、松下に簡単に説明した。地区大会での青葉学院は、レギュラークラスを温存するため、控《ひか》えの選手を起用しているのだと。

「マジかよ、ナメやがって」

松下が悔《くや》しそうに言った。

その気持ちはわかる。せっかく青葉と対等に戦っていると思ったのに、手加減されていたとわかれば、誰《だれ》だって腹が立つ。僕は、最初から青葉の先発メンバーがレギュラーでないことをわかっていたけれど、それをみんなには言えなかった。せっかく盛り上がっているみんなの気持ちに、水を差したくなかったからだ。

「とにかく、これから出てくる連中は、今まで出てたのとは違《ちが》うんだ。だから、気合い入れていこう」

僕は、それだけ言ってサードのポジションに戻《もど》った。

青葉の猛攻《もうこう》が始まった。

僕たちは懸命《けんめい》に戦った。松下は全力で投げ、僕たちは必死に守った。松下の怒《いか》りのパワーがいいほうに作用したのかもしれない。僕たちは、レギュラーを加えた青葉の攻撃《こうげき》を、なんとか3点に抑《おさ》えることができた。

これで4対7。まだまだ試合はわからない。

そして5回の裏、青葉学院はエースでサウスポーの佐野《さの》をマウンドに送ってきた。

「なんか、ずいぶんちっちゃいな。あれがホントに青葉のエースなのか?」

小山が、そう聞いてきた。

「うん。体は小さいけど、球はすごく速いよ。それにコントロールが良くて、変化球のキレがすごいんだ」

「でも、あれ2年だよな？」

「うん。入部してきたときから佐野は別格だった」

僕は、佐野が入部してきたときのことを思い出した。

佐野は、最初から1軍だった。そして、あっという間に、当時のエースだった3年生に次ぐ2番手のピッチャーになってしまった。だから佐野は球拾いなんかしたことがない。先輩《せんぱい》である僕たちが球拾いをしていても、佐野は当然という顔をしていた。

あの佐野と戦える。

僕はそっと自分に気合いを入れた。

〈佐 野〉

なんでこんな試合に、ボクが投げなきゃいけないんだ。ぜんぜんおもしろくない。

「いいぞ佐野、その調子だ！」

キャッチャーの中野《なかの》さんがボクに声をかけてきた。

いい調子かな？　ロクに投球練習もしないまま登板したから、いまひとつ本調子じゃないような気がする。まあ、少しくらい調子が悪くても、こんな連中が相手なら楽勝だけど。

でもウチも落ちたもんだなと思う。３回戦からレギュラーを全部使わなきゃいけなくなるなんて。こんなことで全国大会とか勝ち抜《ぬ》けるのかな。

それにしても納得いかない。こんな連中は全部三振《さんしん》に抑《おさ》えて当然のはずなのに、けっこうバットに当てられている。はっきりいって、ボクのプライドがかなり傷つく。

さて、次は4番か。この谷口って人は、去年までウチの野球部にいたらしい。でも、悪いけど、ボクは全然覚えていない。まあ、一緒《いっしょ》だった期間は短いし、そもそも2軍の補欠だったらしいから、覚えてなくて当然だけと。でも、そんな人がキャプテンで4番なんだから、墨谷のレベルの低さがわかる。

ボクは自慢《じまん》の速球を谷口に投げ込《こ》んだ。

あれ？　当てられた。ファールだ。

どうなってるんだ？　なんでこの人たちは、ボクの球に当てられるんだ？

実に不愉快《ふゆかい》だ。ボクの球に当てるなんて生意気すぎる。

第2球。また当てられた。ファールだけど、今度は少しいい当たりだった。

あーイライラする。やっぱり今日は調子が悪いんだと思う。普段《ふだん》のボクなら、こんな連中に当てられるわけがないんだから。

それにしても谷口の表情が必死すぎる。なんでそんなにムキになってるんだよ。

第3球。しまった、打たれた！　しかもいい当たりだ。

ボクは振《ふ》り返った。打球はライトセンター間に飛んでいる。長打コースになりそうだった。

なんだか外野がモタモタしていてもどかしい。ウチの守備って、こんなにお粗末《そまつ》だったかなと腹が立ってくる。

二塁打《にるいだ》になった。墨谷の連中がベンチの中で大騒《おおさわ》ぎしてる。

「おい佐野、ぼんやりしてないで、ちゃんとカバーに入れよ」

中野さんに怒《おこ》られた。

「すいません」

「こいつら意外とやるぞ。シメてかかれよ」

「ハイ」

いちおう先輩《せんぱい》なんで、素直にそう答えた。でも、いちいち言われなくたって、もう絶対にこれ以上は打たせない。ここからは絶対にノーヒットだ。いや、パーフェクトじゃなきゃ、ボクの気が収まらない。

だって、ボクのプライドは、ズタズタに傷つけられたのだから。

〈**谷口**〉

結局、僕《ぼく》たちは試合に負けてしまった。

4対9。僕たちは、青葉のレギュラーが出てからは、手も足も出なかったといっていい。打ったヒットは2本だけ。そして逆に最終回までの3回で5点を奪《うば》われてしまった。

空っぽのスタンドで、僕はぼんやりとグラウンドを整備する人たちの動きを見ていた。試合後の簡単なミーティングを終えてから、僕は一人で球場のスタンドに戻《もど》ってきたのだ。

夕陽を浴びながら、試合を振《ふ》り返る。

みんなには「よくがんばった」とか言ったけど、青葉のレギュラー連中の強さは、あんなものじゃないと僕は思っている。彼《かれ》らは、まさか自分たちが試合に出るとは思ってなかったはずだ。準備不足のままの交代だったから、まだ僕たちは戦えた。本気で準備されていたら、間違《まちが》いなく、もっと差をつけられていただろう。

「谷口」

名前を呼ばれて僕は振り返った。吉田がいた。

「吉田」

「久しぶり」

そう言って吉田は、僕の隣《となり》に座った。

試合が終わってしばらくすると、吉田から僕にメールが入った。球場のスタンドで会わないかという内容だった。

「久しぶり。吉田も元気そうだね」

「まあ、元気っちゃ元気だよ。試合にも出てないしさ」

吉田は、そんな自嘲《じちょう》的《てき》な言い方をして笑った。

「谷口、お前、墨谷のキャプテンになってたんだな。スゲーよ」

「別にすごくないよ。墨谷だからキャプテンになれたんだよ。青葉にいたらさ……」

僕はそこで言葉を切った。青葉にいたら今でも2軍の補欠だったよ、とはさすがに吉田に対して言うことはできなかった。

「いや、谷口はすごくうまくなったよ。別人か？　っていうくらい野球がうまくなってた」

「ありがとう」

嬉《うれ》しかった。吉田はお世辞をいうタイプなんかじゃない。少しずつの変化だから、自分ではなかなか気がつけないけれど、一年ぶりに会った吉田がそう言うのだから、確かに僕は野球がうまくなったんだろうと思う。

「俺《おれ》はダメだ。3年になっても、相変わらず2軍のままだよ」

ポツリと吉田は言った。一年ぶりに見た吉田の顔は、ずいぶん大人びているように見えた。

「そういえばさ、佐野の奴《やつ》がやたらと不機嫌《ふきげん》だったぞ」

おかしそうに吉田は言った。

「なんか、ボクはプライドが傷つけられました、みたいな顔しちゃってさ。谷口にツーベースを打たれたのが、特にショックだったみたいだぞ」

「でもあれ、ほとんどまぐれだと思うよ」

「そんなことないって。それにさ、仮にまぐれだとしても、佐野からツーベース打つとか、かなりすごいから。しかも佐野の奴、その後、他の奴にもヒット打たれてたし。青葉の一員としてはマズいけど、俺、個人的にはザマーミロって思ったよ。あいつ、ずっとチヤホヤされてたからさ、少しは痛い目をみたほうがいいんだよ」

僕たちは声を合わせて笑った。

「でも覚悟《かくご》しとけよ。夏の大会で墨谷と当たるとしたら、今度は最初から、ウチはレギュラーが出るぞ。佐野が監督《かんとく》に直訴《じきそ》してたから。佐野だけじゃない、他のレギュラー連中も試合内容にカッカしてたし、今度は相当気合いを入れてくるぞ」

「わかった。お互《たが》いにがんばろう」

お互い、という言葉に力を込《こ》め、僕は吉田に言った。吉田はじっと僕の目を見ている。

「そうだな。俺もがんばるよ。夏はグラウンドで会いたいな……」

二人でがっちりと握手《あくしゅ》をした。握手なんて習慣、僕たちにはなかったはずだけど、どういうわけか自然に手を差し出していた。そして、お互いの健闘《けんとう》を誓《ちか》い合い、僕たちは別れた。

イガラシを使ってみよう。

帰り道で、急にそんな考えが僕の中に浮《う》かんだ。青葉学院が本気で戦いを挑《いど》んでくる以上、僕たちも完全に戦力を揃えなければダメだ。もしイガラシにレギュラーとしての実力があるのなら、彼を使うべきだと思う。伝統だなんていっている場合ではない。

「よし決めた、そうしよう」

僕は、一人でそう声に出した。

〈**詩織**〉

負けるって、そんなに悔《くや》しいのかな？

わたしは一人でバスに揺《ゆ》られながら、そんなことを考えていた。

わたしは負けたって悔しくない。そもそもなにかで人に勝ちたいなんて思わないし、勝つための努力なんて意味がないと考えている。努力なんてバカバカしい。一生懸命《いっしょうけんめい》やったって、ダメなものはダメなはずだ。

でも、今日の野球部のみんなは、どこかいつもと違《ちが》っていた。

青葉学院に負けたことが、そんなに悔しいのだろうかと不思議な気持ちになる。トーナメントなんて、優勝するチーム以外、必ずどこかで負けるんだから、悔しくなるなんておかしい。

しかも、相手はあの青葉学院なんだから、負けて当然なんじゃないかと思う。

谷口くんがキャプテンになってから、野球部の雰囲気《ふんいき》が変わったような気がする。

今までは、試合に負けてもみんなは普通《ふつう》だった。そりゃどっかで負けるよ。さあ帰ろうぜ、みたいな感じで、誰《だれ》も悔しがったりしてはいなかった。

みんなの中で、なにが起きているんだろう。

野球部のみんなは、これからどう変わっていくんだろう。

わたしは、それにとても興味がある。

5th

イニング

〈谷口〉

春の大会が終わり、僕《ぼく》はさっそく1年の実力を試してみることにした。

「よーし1年、ノックをするから集まれ！」

ここまではなんの問題もない。春の大会が終わったので、これからは1年生も、少しだけど守備やバッティングに参加させることになっていたからだ。

ただ僕は、それだけで終わるつもりはなかった。もし実力のある1年がいたら、鍛《きた》えたいと思っていたし、試合にも出すつもりでいた。必要ならばレギュラーにだってする。それだけの決心を僕はしていた。

僕は、バットを持ち、ずらりと並ぶ1年生たちを見た。

先頭がイガラシだった。不敵というか、いい面構《つらがま》えというか、自信に満ちた表情で僕のことをじっと見ている。

ノックを始めた。最初はやさしいゴロにしてみた。

でも、そのたった1球だけでイガラシの実力がわかった。

少し前進してボールを捕《と》り、投げる。ムダがなく流れるような動きだった。

次に、強い球をイガラシの右めがけて打った。

いとも簡単に、イガラシはそれを捕った。まるで飛んでくるコースを予期していたかのように、すばやい動きだった。

「すごいね」

僕は、すぐそばで返球を受けた小山《こやま》に声をかけた。

「うーん、まああかな」

そんな答えが返ってきた。意地でも一年の実力なんか認めない。そんな強い意志を感じさせる小山の態度だった。

僕は、次々に厳しい球をイガラシに浴びせた。難しいボールでも、イガラシは軽やかにさばく。とても一年生とは思えない。ひょっとすると野球部の誰《だれ》よりもうまいかもしれない。

「もうそろそろ、いいんじゃねーか」

小山が、声をかけてきた。僕は、夢中になりすぎていたようだ。

「一人に、どんだけ時間かけけんだよ。まだ他にも一年はいるんだぞ」

確かにそうだ。僕は、次の一年生に対しノックを始めた。

あまりにもイガラシがすごすぎたからか、どうも他の一年生たちはかすんでしまっている。

でも、みんな悪くない。なにより一生懸命《いっしょうけんめい》だった。みんな野球がやりたくて、野球部に入ったんだから、球拾いなんかでなく、本格的な練習をやらせてあげたいと、僕は思った。

一通りのノックが終わって、次にバッティングを見ることにした。

やっぱりイガラシが先頭で準備している。

「松下《まつした》、最初は様子見《ようすみ》で、少しやさしい球を投げてあげて」

僕は、そう松下に声をかけた。

「そうはいくか。先輩《せんぱい》の威厳《いげん》ってもんがあるからな。ナメられないように、最初からガンガンいくぞ。特にイガラシは、叩《たた》きつぶしておかないとな」

そう言って松下は笑った。もちろん叩きつぶすというのは松下流の冗談《じょうだん》だ。でも、松下は手加減なんてしない性格だから、きっと、本気で投げ込《こ》んでいくだろう。松下の全力投球だと、一年生は、さすがに当てるのも厳しいはずだ。

ところが……。

イガラシは、簡単に松下の球を打ち返した。ライナー性の鋭《するど》い打球が、内野の頭を越《こ》えていく。体が小さいからパワフルさはない。でもスムーズだった。守備と同じように、テイクバックからのバットの振《ふ》り出し、そしてミートまでが流れるような一連の動きだった。

さすがに驚《おどろ》きを超《こ》えて、あきれてしまった。イガラシって何者なんだ。

松下が熱くなったことは、一目でわかった。次々と全力の球を投げ込んでいく。

もちろん、空振りもあれば凡打《ぼんだ》もあった。でも、多くはいい当たりだった。なにが僕と違《ちが》うんだろう。もうキャプテンとしてではなく、技術を学ぶつもりで、僕はイガラシのバッティングに見入ってしまった。

「おーい松下、もうそれくらいでいいだろう！」

小山が止めに入った。またしても僕は、夢中になってしまっていた。マウンドで小山と松下が、なにか話をしている。きっと「もっと投げさせろ」と、松下がムキになっているんだろう。

「キャプテン、松下さんは、もっとリリースポイントを遅《おく》らせると、すごく打ちにくくなると思います」

イガラシが、僕のそばまで来て、小さな声で言った。

「リリースポイント？」

「はい。ボールを離《はな》すのが早いから、バッターはボールをよく見ていられるんです。リリースポイントをもっと遅らせれば、松下さんぐらいのスピードでも、相当打ちにくいピッチャーになると思います」

「わかった……。今度、そうアドバイスしとく」

なんかもう言葉が出ない。なんて1年生だと、僕は思った。マウンドの松下を見る。イガラシに打たれて、相当カッカとしているようで、本気で次のバッターに投げ込んでいる。

「でも、他の1年生は、全然打てそうもないね」

「そりゃあ、あいつらにはまだ無理です。客観的にみて、松下さんは、中学のピッチャーの中でも、結構《けっこう》いいほうですから」

「へえ。詳《くわ》しいね。あれ？　イガラシってピッチャーもできるの？」

「もちろんできますよ。ていうか、俺《おれ》は全部のポジションができます。試合に出してくれるなら、どこでも俺はやりますけど」

試合に出してくれというイガラシのアピールだ。その気持ちはわかる。これだけの技術を持っていて試合に出られないのは、確かに納得がいかないだろう。

よし、試合に出そう。僕はそう決めた。いや、それどころかレギュラーだ。これだけの選手を使わないのは、キャプテンとして間違《まちが》っていると思う。

1年生は秋までは試合に出さない。そんな墨谷《すみや》の伝統を破るのだから、きっと部員たちからは反発もあるだろう。でも仕方がない。僕はキャプテンとして、正しい判断をしているのだと信じた。

ここまできたら、イガラシのピッチングも見てみたい。

バッティング練習が終わった後、僕は小山を呼んで声をかけた。

「ちょっとイガラシの球を受けてみてくれないか？　あいつピッチャーもできるっていうんだ」

ところが小山は、気乗りがしないといった表情で僕のことを見ている。

「いや、今、そこまでしなくてもいいだろ。秋までは、あいつを試合には出すことはないんだから」

「でも、見てみたいんだ。それに……」

僕には、ずっと気になっていたことがあった。

墨谷野球部にはピッチャーが足りない。いちおう2年生にピッチャー候補はいるけれど、かなり松下より見劣《みおと》りがする。もし松下になにかあったとしたら、僕たちはどうすることもできなくなってしまう。

「じゃあ、松下にそう言ってみろよ。あいつ絶対に怒《いか》り狂《くる》うぞ」

小山が大まじめな顔で言った。

そうかもしれない。でも、いくらなんでも、なにかあったときのために、控《ひか》えのピッチャーを用意しておくべきだろうと思う。

「イガラシ、ちょっとマウンドに行ってくれ！」

僕は、そう指示を出した。小山にその気がなさそうなので、僕が球を受けることにした。

「よし、来い！」

僕は、グローブを構えた。

ちょっとサイドスロー気味のフォームからイガラシが投げた速球は、スパンと気持ちいい音とともに僕のグローブに収まった。素晴らしい速球だった。

イガラシの小さな体のどこに、こんな力があるのだろう。体の使い方がうまいのかもしれない。しなやかで、とても美しいピッチングフォームだった。

20球ほど投げ込んでもらった。コントロールもいいし、変化球も素晴らしかった。松下と比べても、技術的にはイガラシのほうが上かもしれない。

「おい、もうそれくらいでいいだろ！」

小山が少しキツい口調で言ってきた。本気でイライラしているようだった。

僕は、イガラシに合図して、投球をやめさせた。

「よし。じゃあ、いつもの練習に戻《もど》るぞ！　1年は外野に行って球拾いだ！」

小山が、僕より先に、大声で指示を出した。部員たちがグラウンドに散っていく。

「小山、どう思った？」

「なにが？」

「イガラシのこと。すごい選手だと思わない？」

「どういうこと？」

「確かにうまいと思うぞ。でも、だからなんだって話だよ」

「1年が試合に出られるのは二学期から。それが決まりだ。夏の大会は3年と2年だけで戦うんだ。だから俺たちにとって、イガラシがうまかろうがなんだろうが関係ない。わかるだろ」

そう言って、小山は、僕の返事すら待たずに歩き出した。これ以上、余計なことはするな。まるでそう言っているかのようだった。

「おーい松下、少し投げ込みやろうぜ！」

松下の投げ込みが始まった。ものすごく気合いが入っている。やはり、イガラシのピッチングが、かなりの刺激《しげき》になったんだろう。いい傾向《けいこう》だと思う。こんな風にみんなが競い合っていけば、チームの実力はどんどん上がっていくに違いない。

さて、イガラシをどこで使おう。僕はそのことについて考え始めた。

ピッチャーだろうか？

いや、それはない。イガラシに投げさせるということは、松下をベンチに下げるということだ。松下はバッティングだってかなりのものだ。攻撃力《こうげきりょく》を低下させるわけにはいかない。

どのポジションでもできると、イガラシは言っていた。だから野手だ。そして、ここ一番のリリーフで、イガラシをピッチャーとして使う。そのほうがチームの総合力は上がるはずだ。

僕はグラウンドを見渡《みわた》す。内野が守備練習をしていた。イガラシのフィールディングのうまさを考えると、内野での起用がいいように思える。

ファーストは違うなと思った。やはり体が大きいほうがファーストには向いている。少しくらい送球がそれても、ベースに足を着けたまま体をグッと伸《の》ばして捕球《ほきゅう》し、アウトにできるからだ。イガラシではちょっと小さすぎる。

セカンドの丸井《まるい》を見る。張り切って練習している。2年になり、丸井は新しいグローブを買った。毎日、手入れをしているというグローブをはめ、誰よりも大きな声を出し、グラウンドを飛び回っている。

でも……と思う。3年生であるショートの高木《たかぎ》やサードの僕と比較《ひかく》すると、2年生である丸井の技術は少しだけ劣《おと》っているように思える。

だとすればセカンドか……。

よりによって丸井か……。

入部以来、なにかと僕の世話を、丸井は焼いてくれた。その丸井を外すのかと思うと胸が痛くなってくる。


「見てくださいよ。いい感じで手になじんできましたよ」

丸井が、手にはめたグローブを僕に見せて言った。

野球部の練習を終え、帰るところだった。二人で並んで校門を出る。僕は、レギュラーから外すことを丸井に告げるつもりだった。

「昨日はオイルを塗《ぬ》ったんです。どうです、なんかグローブが輝《かがや》いてないですか？」

僕はなかなか言い出せなかった。すると、丸井がかばんから買ったばかりのグローブを取り出し、いろいろと話し始めてしまった。

「でも、丸井。オイルはあんまり塗りすぎちゃダメだよ。グローブが重くなりすぎちゃうから」

そんな話をしている場合じゃない。僕は心の中で言った。もっと話すべきことがあるはずだ。

「わかってます。オイルは一週間に一回。スポーツ用品店のオヤジにも、しつこいくらい言われましたから」

そう言って丸井は笑った。自分がレギュラーを外されるなんて想像もしていないようだ。

「あ……あの、今日のイガラシのことなんだけどさ……」

「あー、あいつですか。あいつ、すごい奴《やつ》ですねえ」

丸井はけろりとした顔で答えた。

「二学期になったら間違いなくレギュラーですね。でも、なんかチームワークが心配ですけど」

「な、なんで?」

「だって、あいつ生意気じゃないですか。口の利《き》き方も悪いし」

「うん、まあ……」

「もちろん二学期は、谷口《たにぐち》さんたちはもう引退されてるわけですけど、なんか先が思いやられますよ」

どうやら丸井も、1年は一学期の間は試合には出ないという伝統を信じきっているようだ。

とてもではないが、お前をレギュラーから外すつもりだなんて言えなくなってしまった。

僕はイガラシをレギュラーとして使うことを決断していた。いくら小山が反対したとしても押《お》し切る覚悟《かくご》もちゃんとあった。

ただ、僕はレギュラーから外される人の気持ちに、考えが足りなかった。しかも、それが丸井になるなんて……。

いっそイガラシを外野で起用してみようか。僕はそんなことまで考え始めてしまった。


「なにをさっきから、考え込んでるんだ？」

僕は家に帰ってからも、イガラシをどこで使えばいいのか考え続けた。晩《ばん》ごはんを食べ、風《ふ》呂《ろ》に入っている間もずっと考え続けた。それでも決断がつかない。そして、風呂からあがったとき、父さんがそんな風に声をかけてきた。

「うん、ちょっと野球部のことでさ」

やっぱり父さんは、僕のちょっとした変化に気がついてくれる。僕は、父さんに相談してみることにした。

「なるほど、なにを深刻な顔をしているのかと思ったら、そんな悩《なや》みがあったのか。キャプテンてのも楽じゃないな」

一通りの話を聞いて、父さんがそんな風に言った。

「でも、聞いた感じじゃ、タカオの中では、もう答えは出てるじゃないか。お前はイガラシくんをレギュラーとして使う。そして、2年の丸井くんをレギュラーから外そうと思ってる。そうだろ?」

「うん……。そうだと思う」

「だったらそうしろ。それがいちばんいい」

「でも、丸井を外すってことがどうも……。あんなに僕のことをいろいろ気にかけてくれたのに」

「人の上に立つってのは、そういうことだ。つらい決断をしなきゃならないことだってあるんだ。考えてみろ、お前の言い方だと、丸井くん以外だったら、もっと気軽に外せるのにってことになるぞ」

「いや……それは」

「そうだろ。自分を気にかけてくれた丸井くんだからって、特別に考えるのは、丸井くんをひいきしていることにならないか?」

そんなことは考えもしなかった。でも、確かにそうだ。僕は丸井のために、イガラシを外野で使おうかとすら考えていたのだ。

「そんなのかえって不公平だ。キャプテンとして、そっちのほうが間違っている。チームを強くすることだけを考えろ。お前は、もう答えはわかってるんだ。あとは、それを決断するだけだ」

本当にそうだと思った。

僕はキャプテン。いつだってチームのことを最優先で考えよう。そして、その責任を僕がとるんだ。それが人の上に立つということなんだと思った。

「わかった、そうする。ありがとう父さん」

いよいよ練習前のミーティングの時間だ。

僕は、イガラシのレギュラーへの起用を発表するつもりでいた。決断した以上は、どうせいつかは発表しなくちゃならない。だったら早いほうがいいと、僕は考えていた。

「これからは、イガラシをレギュラーにしようと思う。夏の大会はイガラシを試合に出す。これはキャプテンである僕の決定だ」

そう言ってみんなを見回す。その表情からは、みんながなにを思っているのか、僕にはわからなかった。

「あと、ポジションはセカンドをやってもらう。以上だ」

一気に言いきった。

丸井の顔を見ることはできなかった。丸井の名前は出さなかったけれど、セカンドは丸井のポジション。つまり丸井をレギュラーから外すと宣言したつもりだった。

「おい谷口、ちょっと待てよ！」

ミーティングが終わると、みんながバラバラと部室からグラウンドに出ていく。そのタイミングを見計らって、小山が僕に詰《つ》め寄ってきた。

「どういうつもりなんだよ！　前に言ったろうよ、ウチは秋まで、１年は試合に出さないことになってんだって！」

「それは聞いたけど、でもそれ、おかしいよ。チームが強くなるためには、実力のある人がレギュラーになるべきなんだ」

「つまり丸井は実力がないってことか？」

そんな風に丸井の名前を出されると困る。でも、キャプテンとして、ここははっきりと言っておくべきだと思った。

「内野の中で、丸井がいちばん実力的に下だと思う。そしてイガラシは丸井よりうまい。だから丸井を外すことにしたんだ。これはキャプテンとしての決定だ！」

言ってから気がついた。丸井が、すぐそばにいた。

丸井の顔は引きつっていた。日に焼けているはずの顔が少し青ざめている。今にも泣き出しそうな目で、僕のことをじっと見ていた。

聞かれてしまった。でも仕方がない。考えた末での結論だ。丸井が理解してくれることを心から願った。

「丸井がかわいそうだと思わねえのかよ！　イガラシは入ったばっかの1年なんだぞ！　順番ってものがあるんだ！」

「順番は関係ない！　実力がある人間がレギュラーになるべきなんだ！」

「なんだと、この！」

真っ赤な顔で小山が詰め寄ってきた。今にも殴《なぐ》りかかってきそうな勢いだった。

「小山さん、やめてください！」

小山に抱《だ》きつくようにして、丸井が割って入った。丸井の顔は見えなかった。けれど、その声は泣いているように聞こえた。

「俺なら大丈夫《だいじょうぶ》です！　俺なら大丈夫ですから、もうやめてください。キャプテンが決めたことなんだから、俺はそれに従います。そりゃあ、レギュラーを外されたことは悔《くや》しいけど、きっと谷口さんだって悩んだに決まってます。だから、もうやめてください！」

「お前がそんなこと言ってどうすんだよ！　お前、新しいグローブ買って張り切ってたじゃねーか！　そんなに物分かり良くなる必要ねえって！」

小山は完全に興奮していた。懸命《けんめい》にすがりつく丸井を振《ふ》り切ろうとする。僕は殴《なぐ》られる覚悟をした。

「小山、落ち着けって。キャプテンの決定なんだから、それに従えよ！」

そのとき、松下が部室に戻ってきた。そして丸井と一緒《いっしょ》になって小山を押《お》さえてくれた。

「なんだよ松下まで！　どーなってんだよ！」

それでも小山は暴れた。それを丸井と松下が懸命になって押さえる。

「とにかく小山さん、ありがとうございました。俺は大丈夫ですから。俺のことは、もう気にしないでください！」

「ホラ、丸井もそう言ってんだから、もういいだろ。さあ、投げ込みに付き合ってくれよ」

ようやく小山は暴れるのをやめた。でもその顔は、まるで納得しているようではなかった。

一息ついた松下が僕の顔を見た。その表情は、今まで見たことないほど厳しかった。

「谷口、お前、イガラシにピッチャーもやらせるつもりなんだろ？」

「うん……」

「かまわないぜ、俺は。それでチームが強くなるなら。でもな……」

「松下……」

「俺は、そう簡単にエースの座を譲《ゆず》る気ないから。俺はイガラシなんかに負けない。実力で、あいつより上だって証明してやるよ」

そう言って松下はニヤリと笑った。

僕も思わず笑顔になる。

「もちろんだよ。そうやって、みんなで競い合って、僕は強いチームを作りたいんだ！」

ありがとう松下。僕は、心の中でお礼を言った。3年生であり、エースである松下が止めに入ってくれなければ、きっと、もっともめていただろう。そして、もちろん丸井にも感謝しなければならない。丸井自身がとりなしてくれたからこそ、小山もとりあえずは引いてくれたんだと思う。

チームワークを含《ふく》め、まだまだ問題はたくさんある。でも、僕は必ず野球部を強くしてみせる。改めてそう決心した。

俺《おれ》のことは気にしないでください……か、よく言うよな、俺も。本当は、ぜんぜん納得してないのに、なんであんなカッコいいこと言っちゃったんだろ。

「丸井、残念だったな」

セカンドのポジションでノックを受けるイガラシの姿を、俺が少し離《はな》れたところから眺《なが》めていたら、同じ2年の河野《こうの》が声をかけてきた。いちおう俺を慰《なぐさ》めてくれているらしい。

「別に残念ってほどじゃねーよ。イガラシのほうがうまいんだから、仕方ないって」

とりあえず、そう強がった。俺、意外とカッコつけるタイプなんだな。なんか、あんまり落ち込《こ》んでると人に思われたくない。

「それより、お前だって人の心配してる場合かよ。昨日のイガラシのピッチング見たろ。あいつ余裕《よゆう》でピッチャーになれるぞ。お前、ヤバいんじゃないのか？」

逆に河野に言ってやった。河野は、俺たちの代のピッチャーだった。ただ、俺の見たところイガラシのほうがはっきり河野より上だと思う。

「いや、かまわないよ。俺、そこまでピッチャーにこだわるつもりないから。次のキャプテンが誰《だれ》になるか知らんけど……。丸井、もしお前がキャプテンだったら、俺とイガラシのどっちを選ぶよ?」

俺がキャプテンって、どういう設定なんだよ。俺がキャプテンになれるわけねーだろ。たった今、1年にレギュラーを奪《うば》われた俺が。

「まあ、俺だったらイガラシにエースをやってもらうかな」

俺は、冗談《じょうだん》ぽくそう答えた。でも、本当にチームを強くしたいと思うなら、きっとそういう選択《せんたく》を、俺はすると思う。

「やっぱそうか。まあ、しゃあねえな」

河野が苦笑《にがわら》いしながら言った。河野だってわかっているはずだ。イガラシは2年の誰よりも野球がうまい。いや、3年生を含《ふく》めた野球部全体の中ですら一番かもしれない。

だから、谷口さんは間違《まちが》っていないと思う。チームのためを考えたら、よりうまい奴をレギュラーにするのは当然の選択だ。

でも理屈《りくつ》がそうだとしても、俺の気持ちが納得いかない。

だってカッコ悪すぎるって。みんなになんて言えばいいんだ。俺、レギュラーになったこと、クラスや家でさんざん自慢《じまん》しちゃったし。しかもレギュラーたるもの、いい道具を使わなきゃダメなんだなんて言って、親に新しいグローブまで買ってもらっちゃったし。それなのに一年生にレギュラー取られたとか、恥《は》ずかしくって、みんなに合わせる顔がない。

あーあ、それにしてもイガラシの奴《やつ》、マジでうまいよな。きっと俺とは才能が、全然違《ちが》うんだろうな。

もう野球部やめちゃおうかな。

俺は、唐突《とうとつ》にそんなことを思った。生意気な後輩《こうはい》にポジションを奪《うば》われて、それで平気な顔して練習に出るなんて、俺にはとてもできない。

よし、やめちゃおう、それがいい。

俺は、そう決心した。今日、家に帰ったら退部届を書いて、それを明日、バシッと谷口さんに突きつけてやろう。

それで野球部とはお別れ。もう野球とはいっさいかかわらないようにしよう。

ところが次の日、いざ退部届を出すとなると、なかなかその勇気が出てこなかった。かばんの中には、昨日の夜に書いた退部届がちゃんと入っている。でも、本当にそれを出してしまっていいのだろうか。俺は授業中もそのことばかりを考え続けた。

出てきた答えは、とりあえず今日はやめとこうというものだった。

とりあえず、今日の部活は、体調が悪いとウソをついて休もう。それでもう一日、じっくりと考えてみよう。

「あの……小山さん、ちょっと体調が悪いんで、今日の練習は休ませてください」

昼休み。谷口さんに言うのはさすがに気まずくて、俺は、小山さんに練習を休むことを伝えた。

「おい、体調が悪いってホントか?」

小山さんがまじめな顔で聞いてくる。ひょっとして、ずる休みなのがバレたのか。そりゃまあバレるか。昨日の今日だもんな。

「ホントです。なんか朝起きたときから頭が痛くって……。カゼひいたみたいなんです」

「昨日のことだったら、俺が谷口に言っとくから安心しろ。俺は、イガラシがレギュラーなんて認めないから。だから練習休むなよ」

なんか小山さん、すげーいい人。でも、そうじゃない。俺のことは放っておいてください。

俺、そんなことでレギュラーに戻《もど》れたとしても、嬉《うれ》しくないですから。

第一、もしそんなことでレギュラーに戻ったら、イガラシや他の1年連中に、陰でなにを言われるか……。とにかく、もういいんです。今は、そっとしておいてください。

「違います！　ホントに体調が悪いんです。とにかく失礼します！」

ゴホッなんてわざとらしく咳《せき》をして、俺は逃《に》げるように歩き出した。マスクかなんかを準備しとけばよかったなと、チラリと思った。


「丸井！」

放課後、急いで校門を出ようとしたら、後ろから声をかけられた。

マズい。谷口さんの声だ。小山さんから聞いて、俺を追いかけてきたのかもしれない。

「体調が悪いって聞いたけど……。帰るの？」

「あ、はい。なんか頭が痛くて。熱もあるみたいだし」

俺は、精一杯《せいいっぱい》キツそうな顔をした。なんとなく後ろめたくて、谷口さんの顔が見られない。

「あの……こんなこと言って変かもしれないけど、ホントに体調が悪いんだよね？」

やっぱりウソだと思われてる。でも、こうなった以上は押《お》し切るしかない。俺は谷口さんの顔を見た。谷口さんは泣きそうな顔をしていた。

「はい。ホントに頭が痛いんです……。すいません」

俺は頭を下げた。これ以上、谷口さんの顔を見ていられなかった。

「わかった。じゃあ早く治して。明日、待ってるから」

「はい。それじゃあ失礼します」

俺は、それだけ言って、逃げるように歩き出した。振《ふ》り返れなかった。谷口さんが、まだこっちを見ているような気がして、どうしても後ろを見ることができなかった。


家に帰ってから、俺はもんもんとして時間を過ごした。野球部の人は、みんないい人たちばかりだと思う。ただ一人、イガラシだけが問題なんだ。あいつさえいなかったら、あいつさえ野球がうまくなかったら、俺は野球部をやめたいなんて考えないのに……。

床《ゆか》に買ったばかりのグローブが転がっていた。買ってから、ずっと毎日手入れをしていたのに……。昨日からやる気がなくなってしまって、放っぽりっぱなしだ。

やっぱり野球部をやめよう。

ようやく、俺はそう決心した。情けないけど、イガラシには勝てない。きっとどれだけがんばっても、あいつは俺の上にいるに違いない。

谷口さんの家に、直接退部届を持っていこうと思いついた。谷口さんに会ったら、きっと退部届を渡《わた》せなくなってしまう。だから、ポストに投げ込んで、逃げて帰ろう。それで明日は学校を休んじゃえばいい。そうすれば、きっと野球部の人たちもあきらめてくれるだろう。

よし決めた。俺は、退部届に「谷口タカオ様」と宛名《あてな》を付け加え、かばんにしまった。これを今から、谷口さんの家のポストに入れてくれれば、すべてが終わりだ。もう野球部のことも、谷口さんのことも、イガラシのことも、買ったばかりのグローブのことも、全部忘れてしまおう。

たぶん、このあたりに谷口さんの家があるはず。俺は、野球部の連絡網《れんらくもう》の中に載《の》っていた、谷口さんの家の住所を見ながら、住宅街をうろついていた。

と、少し先の家の門から、中学生ぐらいの男の人が出てきた。俺は、慌《あわ》てて近くの路地に隠《かく》れた。そっとのぞいてみる。谷口さんだった。バットケースを肩にかけ、グローブを手にはめている。そして、俺とは反対の方向に向かって走り出した。

どこに行くんだろう？　トレーニングウェアを着ているけど、学校のじゃないし、どこかで練習をしているんだろうか。後をつけてみることにした。といっても、谷口さんは走っている。俺も、走らなくちゃならない。

ああしんどい。どこまで走るんだ。俺は腕時計《うでどけい》に目をやり、時間をチェックした。もう30分近くも走っている。なのに谷口さんのペースは、まるで落ちない。

ヤバい。もうダメだ。俺は走るのをやめた。息があがって、汗《あせ》が吹き出してくる。近くの自《じ》販機《はんき》でスポーツドリンクを買った。うまい。一気に飲み干してしまった。

ようやく一息ついた。そして谷口さんのことを考える。

なんなんだ、あの人の体力は。信じられない。確かに野球部でも、谷口さんはタフだったけど、それにはこんな秘密があったんだと思った。

谷口さんの向かった方向はわかっている。俺は、歩いて谷口さんを追いかけることにした。20分以上も歩いて、俺は、すっかり迷ってしまった。どこにも谷口さんはいない。途中《とちゅう》に分かれ道がいくつかあったから、どこかで間違ってしまったのかもしれない。

ここはどこだろう？　俺はあたりを見回す。工場ばかりがあって、トラックがやたらと走っている。完全に谷口さんを見失ってしまった。もう戻ったほうがいいのかもしれない。

そのとき、金属バットの、キンという音が聞こえた。耳を澄ませる。どこだ？　音のした方向に向かって、俺は走り出した。

金属バットの音が近づいてきた。短い間隔《かんかく》で聞こえてくるから、試合とかじゃない。ノックかティーバッティングをしているんだ。ドキドキしてきた。もう本当に近くから、キンという音が聞こえてくる。

見つけた！　谷口さんだ。

谷口さんがノックを受けている。どこかの工場の駐車場《ちゅうしゃじょう》みたいなところだ。その脇《わき》にある建物のシャッターが大きく開いていて、中からの明かりを照明に使っている。

ここはなんだ？　俺はあたりを見回す。

シャッターの上に「谷口鉄工」と書いてあるのが見えた。谷口鉄工。谷口さんと関係があるのかもしれない。ノックをしている人が、なんとなく谷口さんに似ているような気がする。

隠《かく》れたまま、谷口さんの練習をじっと見つめた。

すごい。超《ちょう》ハードだ。なによりノッカーとの距離《きょり》がメチャメチャ近い。こんなすごいノックは今まで見たことがなかった。

谷口さんはこんなところで練習していたんだ。

考えてみると、入部したときの谷口さんは、お世辞にも野球がうまいとはいえなかった。ノックだってそうだった。空振《からぶ》りばっかで、俺が交代したくらいだった。どっちも、すぐにできるようになったから、「緊張《きんちょう》してたんだろう」くらいにしか思ってなかったけど、こんな風に練習をして、谷口さんはうまくなってきたんだ……。

そうだったのか。

なんだか腹が立ってきた。もちろん自分に対してだ。

俺は、谷口さんみたいな努力を、一度もしたことがなかった。それでも俺は、2年の中では数少ないレギュラーに選ばれた。だから野球がうまいとうぬぼれてしまったんだと思う。

そして後輩に抜《ぬ》かれた。

抜かれて、野球部をやめてやろうとまで考えた。

俺はバカだ。ロクに練習もしないで調子に乗って、ダメになったら退部届を書くとか、ありえないにもほどがある。俺も自主練しよう。少なくとも、谷口さんに負けないくらいの練習をしなくちゃダメだ。

明日から、いや、今からさっそく始めよう。

俺は走り出した。

走りながら、かばんの中をあさって、退部届をひっぱり出した。バカバカしい。こんなもの書く時間があれば、素振《すぶ》りでもすればよかったんだ。

俺は、退部届をクシャクシャに丸め、途中のコンビニにあったゴミ箱に投げ捨ててやった。

〈谷口〉

あまり眠《ねむ》れなかった。いつもより早く目が覚めてしまったから、僕《ぼく》は、いつもより早く家を出ることにした。まだ朝の5時を過ぎたばかり。さすがにこの時間は、まだ少し寒い。

今日の朝練に丸井は来るだろうか。

それだけが心配だった。もし丸井が野球部をやめてしまったら、僕はどうすればいいだろう。そんなことはありえないと信じたいが、どうしてもその不安をぬぐい去ることができなかった。

いつもより30分以上早く、学校に着いてしまった。

あれ？　グラウンドに誰《だれ》かいる。しかも野球部のユニフォームを着ている。

誰だろうと目をこらしてみると、それは丸井だった。

「丸井！」

丸井は、振《ふ》り返って、僕を見た。

「谷口さん、おはようございます！」

僕は丸井に駆《か》け寄った。

「どうしたの、こんなに早く？」

「なんか早くに目が覚めちゃって。ていうか、谷口さんは、いつもこんなに早い時間に、学校に来てたんですか？」

「いや、普段《ふだん》はこんなに早くない。僕も、早くに目が覚めちゃって。もう体調はいいの？」

「ハ、ハイ！」

「待ってて、すぐ着替《きが》えてくるから！」

僕は部室に走った。全力疾走《ぜんりょくしっそう》していた。嬉《うれ》しくてたまらなかった。

とりあえず二人でキャッチボールをすることにした。

誰もいない朝の校庭で、二人でキャッチボールをしていると、なんだか自然と笑顔が込《こ》み上げてくる。丸井も同じ気持ちなのかなと思う。楽しそうに笑っている。

みんながやってくるまで、もう少しの時間がある。それまでの間、僕は、丸井と二人だけのキャッチボールを存分に楽しんでやろうと思った。

6th

イニング

〈丸井〉

土曜の朝。俺《おれ》はバットとグローブとボールを持って、河川敷《かせんしき》のグラウンドにやってきた。ここには、野球場が三面もある。たいてい8時ぐらいには、熱心な草野球のおじさんたちが集まってきて、試合を始めるみたいだけど、今はまだ6時。案の定、誰《だれ》もいない。

俺はここで、学校での練習が始まるまでの2時間ほど、自主練をするつもりでいた。

さあ、なんの練習をしよう。一人だから、せいぜい素振《すぶ》りか、バックネットを相手にティーバッティングをするぐらいしかできない。それでもかまわない。少しでも野球がうまくなるために、がんばっていこうと思う。

「丸井《まるい》さん」

そんな声が聞こえて、俺は振《ふ》り返った。

イガラシがいた。隣には、小学生ぐらいの男の子が一人いる。イガラシはグローブとバットを、隣《となり》の子供はグローブとボールを手にしていた。

「自主練ですか？」

「ああ、まあな」

「一緒《いっしょ》にやりません？」

「なにを？」

「もちろん練習。人数が多いほうが、効率いいじゃないですか」

そうか、イガラシも自主練をしていたのか。そりゃそうか。練習しなくちゃ、1年があんなにうまいわけがないもんな。

「おお。まあいいけど。隣にいるのは誰？」

「あ、こいつですか？　弟の慎二《しんじ》です。小学校5年です」

「よろしくお願いします」

慎二が頭を下げた。

「2年生の丸井さんですね。野球部の2年生の中では、すごく野球がうまいって、兄ちゃんがいつも言ってました」

「おい、バカ。余計なこと言うな」

イガラシが慌《あわ》てて慎二をとめた。

えっ、マジで？　俺は、イガラシの顔を見る。イガラシは、少し困ったような顔をしている。

あれ？　憎《にく》たらしいと思っていたイガラシの顔が、なんだかかわいらしく見えてきた。サルみたいな顔が、愛嬌《あいきょう》があるような気がしないでもない。俺って単純だな。ちょっとほめられてたと聞いただけで、すぐに浮《う》かれてしまう。自分で自分がおかしくなった。

「じゃあ、丸井さん。とりあえず三人で、キャッチボールから始めますか？」

「おお、そうだな」

「それが終わったら交替でノックやって、その後にバッティングなんてどうです？」

なんか、完全にイガラシのペースだ。こいつ本当に1年なのかよ。

「よし、じゃあそれでいこう！」

もうなんだっていいや。とにかく練習をしよう。それで、もし盗《ぬす》めるものがあったら、イガラシからなんでも盗んでやろう。それでそのうち、絶対にイガラシよりも野球がうまくなってやろう。

〈詩織〉

期末試験が終わり、いよいよ本格的に暑くなってきた。

野球部のみんなも、8月の大会に向けて、かなりがんばって練習をしている。

といっても、わたしには、特にがんばることとなんてない。いつものようにベンチに座って、誰《だれ》にも必要とされない練習日誌をつけるだけだ。

「ひっさしぶりぃ！」

郁美《いくみ》の声だ。わたしは、いつものように少し体をずらして、郁美の座るスペースを作った。

「久しぶりってほどでもないよ。郁美、ついこの前も来てたでしょ」

「まあね。でも、先輩《せんぱい》たちがいたころは、さすがにちょっと遠慮《えんりょ》してたのよ。ここに来るのも気まずくって。今は、そんなこと気にする必要もないしさ」

郁美は、そう言って笑った。ちょっと意外だった。郁美がそういうことを気にするタイプだと、わたしは思っていなかったから。

「でも、とうとう詩織《しおり》は、3年まで野球部のマネージャーを続けちゃったよねえ」

なんだかしみじみとした口調だった。

「最後まで、ずっと続けるつもりなんでしょう？」

「うん、まあ。ここまで来たらそうだね」

「でもさ、野球ってそんなにおもしろいかな？　まあ誘《さそ》ったわたしが、こんなこと言うのもなんなんだけどさ。ほら、わたしの場合は動機が不純だったわけじゃない？」

「うん、不純だった」

そう言って、わたしは笑った。そして……。わたしの動機も、ある意味不純だったと思う。ただ時間がつぶせさえすれば、なんでもよかったのだから。

「でも最近は、ちょっと興味が出てきたんだ。野球にっていうか、野球部のみんなを見ていることにさ」

「へえー、なんで？」

「セカンドに、ちょっとサルみたいな顔をした子がいるでしょう。あの子、1年生でイガラシくんていうんだけど、彼《かれ》、レギュラーになったんだよね」

「あれ？　ウチって、1年は二学期まで、試合に出さないんじゃなかったっけ？」

「それを、谷口《たにぐち》くんが変えたの。谷口くんって、去年転校してきた子ね。彼がキャプテンになって、今までのルールを変えちゃったんだ」

「へえー、すごいじゃん」

「それで、いろいろもめそうだったんだけど、とりあえず今は、平和に練習してる。ただ、なんかこれからも、いろいろ起きそうで……」

これは本音だった。まるで野次馬みたいだけれど、最近の野球部はいろいろ興味深い。

たとえば丸井くん。彼はいつの間にかイガラシくんと仲が良くなってしまった。最初のころは、イガラシくんの生意気な態度に腹を立てていたようだったけど、レギュラーを奪《うば》われたころから、むしろ仲が良くなってしまった。

そこがよくわからなくて、ある意味興味深い。

でも、後輩《こうはい》に抜《ぬ》かれても、めげることなく野球に取り組んでいる丸井くんの姿勢は、素晴らしいと思う。わたしには、とてもできない。

そして、谷口くんも気になる。イガラシくんをレギュラーに起用した決断はえらいと思う。でも小山《こやま》くんたちは、かなりそのことで怒《おこ》っていた。とりあえず丸井くんが納得しているみたいなので、なにも言わないようだけど、いつ爆発《ばくはつ》してもおかしくない。

たぶん谷口くんは、そこまで深刻だとは思っていないだろう。

そういうことに鈍感《どんかん》なのが、きっと彼のいいところなんだと思う。わたしはダメだ。些細《ささい》なことがすごく気になってしまう……。

（詩織は、お姉ちゃんみたいに勉強しなくていいから、好きなことをやりなさい）

(詩織には、墨谷《すみや》が合ってると思うよ。だから、かえって落ちてよかったのかもね)

お母さんが、わたしに言った言葉。半分冗談《じょうだん》で、半分本気の言葉。わたしのことを励《はげ》ましてくれているようで、でも、もう、わたしには期待していない言葉。その言葉でわたしが傷ついていることを、お母さんは知らない……。


目の前で、郁美がヒラヒラと手を振《ふ》っていた。

「え、なに?」

「よかった。詩織が帰ってきた」

そう言って郁美は笑った。

「あ、ごめんごめん。ボーッとしてた。野球部のこと、いろいろ考えてたらさ」

わたしはそんな風にウソをついた。お母さんのことを考えてたなんて、言えるわけがない。

「ふーん、でもそんなに野球部は変わったんだ?」

「ウン、谷口くんがキャプテンになってから、いろいろあったんだ」

「つまり、詩織は、その谷口くんのことを、好きになったってこと?」

からかうような口調で、でも、けっこうまじめな顔で、郁美はわたしのことを見てくる。

「な、なんでそうなるの!?　そんなわけないじゃん」

「違《ちが》うの？　なんか、恋《こい》してる目なんだけどなぁ。興味あるんでしょ、谷口くんに」

「全然違うよ。わたしの興味は、野球部全体に対してのものだから」

「そうかなぁ？」

「そうなの！」

あんまりムキになるのも変だから、わたしはグラウンドで練習する野球部のみんなに視線を移した。なんとなく郁美の視線を感じる。きっとニヤニヤと笑いながら、わたしを見ているんじゃないかと思う。

「でもよかった。詩織が、ホントに野球部のマネージャーを楽しんでるみたいで。なんかほっとするよ。わたし、ずっと詩織に悪いことしたかもって、思ってたからさ」

「え、そうなの？」

「うん。なんか無理やりマネージャーに誘っといて、わたしはすぐやめちゃったからさ。なんで詩織が残ったのかわかんなかったけど、いつ見ても、あんまり楽しそうにしてなかったし。ずっと気にしてたんだよね」

そうだったのか。だから3年になってからは、チョコチョコと、グラウンドに来てたんだ。

郁美はグイグイ突《つ》っ走るタイプだから、わたしのことなんか気にしてないのかと思っていた。

「そっか、そんな風に思ってたんだ。でも大丈夫《だいじょうぶ》だよ。ありがとう」

わりと素直にそんな言葉が出た。

そしてわたしは空を見上げる。つられたのか、郁美も一緒になって空を見上げた。梅雨明け宣言はまだだけど、もうすっかり夏の空だ。

「わたし、野球部のマネージャーをやって……、よかったと思ってるんだ」

もうすぐ一学期が終わる。そしたら夏合宿をやって、そのあとに夏の大会が始まる。

なんだかワクワクしてくる。今度の夏は、今までとはきっと違う。

野球部は、どこまで勝ち進むんだろう。みんなは、どう変わっていくんだろう。そして、谷口くんは、どんな風にチームを引っ張っていくんだろう。

それを最後まで見届けたいと、わたしは思った。

〈谷口〉

「谷口さん、お話があるんですが」

野球部の練習が終わり、着替《きが》えをすますと、イガラシが、大まじめな顔で声をかけてきた。

ちょっと不安になる。なにかあったのだろうか。

イガラシのレギュラーを発表したときは、少しギスギスしたけど、今のチームはすっかりいい雰囲気《ふんいき》になっているはずだ。

話を聞くために、僕《ぼく》はイガラシと一緒《いっしょ》に帰ることにした。並んで校門を出て、頃合《ころあ》いを見計らって僕のほうから声をかけた。

「なに？　話って？」

「あの……松下《まつした》さんのことなんですが」

「松下？」

「はい。松下さん、肩《かた》を痛めてるんじゃないかと思うんですけど」

「えっ？」

僕は、驚《おどろ》いてしまった。本当だろうか。練習では、いつもの豪快《ごうかい》で自信満々な態度を、松下は見せていたはずだ。

「どうして、そう思うの？」

「確信があるわけじゃ、ありませんけど……。ただ、その可能性は高いと思います。松下さん、投球練習中にときどき、肩を気にする仕草《しぐさ》をするんです」

「肩を気にする仕草？」

「さりげなくです。肩を軽く回したりして。それで、その後は、投げるペースが変わります。フォームも、なんていうか……、確かめるような投げ方に変わるんです」

「そうなの？」

まるで気がつかなかった。でも僕は、イガラシの野球に対する目の確かさを信頼《しんらい》している。

「どれくらいの痛みなんだろう？」

「わかりません。ちょっとした違和感《いわかん》ぐらいかもしれないし、かなりの痛みなのかもしれません。それに、松下さんの性格だと、もしかなりの痛みがあったとしても、素直に認めないような気がするんです」

「うん、確かに。強がりだもんね、松下は……」

「でも、チームにとっては大きな問題です。そこで谷口さんにお願いがあるんですが、松下さんに、無理しないよう伝えてもらえませんか。夏の大会に照準を合わせましょう。練習で無理して、試合に投げられなくなったら最悪ですから」

「うん、わかった」

「どうかよろしくお願いします」

なんかもう、本当にイガラシというのはすごい奴《やつ》だと思う。キャプテンの僕よりも、はるかにたくさんのことに気がついてくれる。

とにかく明日、松下に肩の調子について尋《たず》ねてみよう。たいしたことなければいいなと思うが、こればかりは見当もつかない。


翌日、なるべくさりげない感じにしようと思って、僕は通りすがりに、松下に声をかけた。

「どう？ ピッチングの調子は？」

「おう、バッチリだよ。お前が前に言ってたリリースポイントのやつな、あれを意識するようにしてから、かなりいい感じで投げられるようになってきたよ」

そのことなら、僕も知っていた。リリースポイントのアドバイスをしてから、あのイガラシですら、松下の球を打ちにくそうにしている。でも、聞きたいことは、そのことではない。

「あの……、肩の調子はどう？」

松下の表情が、急に引き締《し》まった。

「なんだよ、急に？　悪くねえよ」

「痛めてるとか、ないよね？」

「なんだそれ。そんなことあるか。絶好調だよ！」

「それならいいんだけどさ……。もし、なにかあるようだったら、無理しなくていいから、少し肩を休めたほうがいいかなって」

「だから大丈夫《だいじょうぶ》だっての。なんなんだよ、さっきからよ！」

松下の口調が変わった。

「ごめん、悪かった。ただ気になったから、聞いてみたんだ」

そう言って僕は歩き出した。結局、なにも松下から聞き出すことはできなかった。

「おい、谷口」

そう声をかけられ、僕は振《ふ》り返った。松下が、いつになく真剣《しんけん》な表情をしていた。

「俺《おれ》は万全だ。夏の大会は死ぬ気で投げる。だから、余計な心配をするな」

「わかった。でもホントに無理しないで、夏の大会に照準を合わせていこう」

なんとか笑顔を作り、僕は、松下にそう答えた。

〈松下〉


「どうした松下？　もう終わりにするのか？」

キャッチャーの小山が言った。今日の投球練習は、30球ほどで切り上げることにした。

「ああ。今日は肩《かた》を休めようと思ってな」

「そうだな、それもありだな」

たいしたもんだよ、谷口は。相棒の小山も気がついていないのに、俺《おれ》が肩に問題を抱《かか》えてることを見抜《みぬ》くなんて。

確かにここのところ、投げていて肩が痛いときがある。ちょっと投げ込《こ》みすぎたせいかもしれない。といって、そこまで深刻というわけではない。たまにチクリとくるくらいだ。

でも、痛めていることを認めるわけにはいかない。あの谷口のことだ、エースはイガラシでいくとか言い出すに決まってる。墨谷のエースは、最後まで絶対に俺だ。

まあでも、少しはいいことも言ってたな。

夏の大会に照準を合わせよう、か。確かにそうだ。大会までもう三週間を切った。イガラシに負けるわけにはいかないけど、練習で肩をぶっ壊《こわ》しちまったら意味がないからな。

だましだまし、肩の様子を見ながらいこう。それで大会が始まったら、あとは全力で行くだけだ。最後の最後まで、俺は絶対に投げ抜《ぬ》いてやる。

〈谷口〉


この日も僕《ぼく》はイガラシと帰ることにした。そして、松下とのやり取りを報告する。

「松下は言わなかったけど、ホントは痛みがあるのかもしれない。少し、様子が変な気がしたんだ」

「そうですか……」

イガラシは小さくため息をついた。

「まあ、あとは松下さんの肩《かた》の調子が、そこまで悪くないことを祈《いの》るのみですね」

「うん。松下が無理しないように、僕も気をつけるよ」

「ただ、それでも最悪のケースは、想定しておいたほうがいいと思います」

「というと?」

「松下さんが投げられなくなってしまった場合です。そのときは、もちろん俺《おれ》が投げます。でも……」

「でも？」

「一試合ならなんとかなるかもしれないけど、二試合連続で投げるのは、正直いって俺の体力ではキツいです。しかもそこで、青葉の強力打線が相手となると……」

「そうか。そうだよね」

「準決勝と決勝は、連戦です。もう一人ピッチャーがいればいいんですけど、正直いって2年の河野《こうの》さんでは、準決勝や決勝の戦いは無理です」

イガラシが、はっきり決勝戦まで見据《みす》えていることに、僕はちょっと驚《おどろ》いた。

もちろん、僕だってチームが勝ち進むことを想定している。でも正直、そこまで具体的に自分たちの戦力について考えてはいなかった。確かに勝ち進むにつれ、チームの層の厚さが勝敗を分けるカギになってくるだろう。

「じゃあ、そのときは、僕が投げるよ」

僕は、きっぱりと言った。もちろん冗談《じょうだん》を言ったつもりはない。でも、イガラシが妙《みょう》な顔で僕のことを見ている。

信じていないのかもしれない。けれど、今から他にピッチャーを探すなんて無理だ。だったら僕がやるより他はない。

早速、今日から練習を始めよう。父さんを相手にピッチングの練習をするんだ。

僕にだって難しいことはわかっている。

でも、やるだけやってみろだ。


〈イガラシ〉


なにを言ってるんだ、谷口さんは？

次の日になっても、俺《おれ》は納得がいかなかった。

谷口さんはわかっているようで、全然わかっていない。危機感ゼロだ。谷口さんがピッチャーをやるくらいだったら、河野さんのほうがまだマシに決まっているじゃないか。本当に困った人だ。

「どうしたイガラシ。なにをブツブツ言ってるんだ？」

練習が終わって、そんなことをグルグル考えていると、丸井さんが声をかけてきた。

え？　ブツブツ？　俺、声に出した覚えなんかないけど。でも、丸井さんにそう見えたってことは、相当不満が顔に出てたんだろう。

「いや、別になんでもないです」

俺はとぼけることにした。松下さんの肩のことは、まだ誰《だれ》にも言うべきでない。

「ウソつけ。絶対なんかある。野球部のことだろ？　言えよ」

「なんでもないですから」

「お前、水くさいな。俺とお前の仲だろう？」

「どんな仲ですか。単なる野球部の先輩《せんぱい》と後輩《こうはい》じゃないですか」

「一緒《いっしょ》に自主練やってるだろう？」

「……それだけです」

「それで十分だよ。よし決めた！　お前が話すまで、俺は、お前と一緒にいるぞ！」

いったいなにを言ってるんだ、この人は？

谷口さんとは違《ちが》う意味で、丸井さんも困った人だ。一緒に自主練を始めるまでは、俺のことを目の敵《かたき》にしていたのに……。それが最近ではすっかり、友達みたいに接してくるようになった。先輩風を吹《ふ》かされるよりはマシだけど、なんだか不思議な距離感《きょりかん》だ。

「イガラシ、なんだったらお前のウチまで行って、話、聞いてやってもいいぜ」

「いや困ります。それに、ウチはラーメン屋やってて、俺一人の部屋とかありませんから」

すると、丸井さんは目を輝《かがや》かせて、ポケットをゴソゴソとあさり出した。

「なあ、お前んとこのラーメンて、いくらなの？」

「確か五百円ですけど」

「マジかよ。高いな……」

丸井さんは、手の中の小銭《こぜに》を見ながらしょんぼりしている。チラリと見たら二百円しかない。

それじゃ、せいぜいカップラーメンしか食べられないでしょうに。俺は笑い出してしまった。

「食べたいんだったら、父さんに聞いてみますよ。別にお金とかいらないですから」

「いや、いいよ。そんなの悪いから」

そんなことを言いながらも、丸井さんは嬉《うれ》しそうにしている。なんてわかりやすい人だろうと、俺はまた笑ってしまいそうになった。

「それより、家に晩《ばん》ごはんが用意してあるんじゃないんですか？　そっちはいいんですか？」

「バカ、家のも食べるよ。二食分ぐらい余裕《よゆう》で食えるって」

まあ、それもそうか。俺だって、ラーメンと晩ごはんの両方食べるくらい楽勝だ。それくらい毎日ヘトヘトになるまで練習しているんだから。

丸井さんは、人に好かれるタイプだ。

俺はそのことがよくわかった。ウチの両親は、たちまち丸井さんのことを気に入ってしまった。父さんなんて、普段《ふだん》は無愛想《ぶあいそう》なのに、丸井さんの顔を見てはニコニコと笑っている。

「丸井さん、来てくれたんですか!」

慎二までが飛び出してきた。

「おお慎二、元気でやってるか?」

慎二は、すっかり丸井さんになついてしまった。結局、慎二を含《ふく》め、俺たちは三人でラーメンを食べることになった。

ここまで粘《ねば》られたら仕方がない。ラーメンを食べ終わったら、俺は慎二を居間に戻《もど》し、絶対に秘密だと念を押《お》してから、丸井さんにすべてを話した。

「——まあ、松下さんのケガも、それほど深刻じゃないかもしれないし、三人目のピッチャーまでは必要ないかもしれません。でも、俺は本気でチームのことを考えてるのに、谷口さんは

『じゃあ僕《ぼく》が投げるよ』なんて冗談《じょうだん》でごまかすから、なんか腹が立って……」

「なんで冗談ってわかるんだよ？」

「ピッチャーはそんな簡単じゃありませんから。谷口さんだって、それはわかってるはずです。大会まで、もう二週間ちょっとしかないんですよ」

「でも、谷口さんは、投げるって言ったんだろう？」

「言いましたけど、そんなのは無理ですって！　絶対にです！　谷口さんだって、そんなことはわかってるんですよ！」

だんだんうんざりしてきた。丸井さんも全然わかってくれない。どうしてこんなに会話がかみ合わないんだろう。

「俺がピッチャーとして、それなりに投げられるようになるまで、どれだけ練習したと思います？　熱心にやったって一年はかかりますって。しかも、もし谷口さんが投げるとしたら、トーナメントの上のほうなんですよ。組み合わせしだいだけど、相手はたぶん青葉です。付け焼き刃なんかじゃ絶対に通用しません！」

「イガラシ、お前、野球には詳《くわ》しいけど、谷口さんのことは全然わかってないいな」

いつになく丸井さんの顔が真剣《しんけん》だった。

「どういうことですか？」

「谷口さんは冗談なんか言わない。いつだって本気だ。間違《まちが》いなく、谷口さんはピッチャーをやる気でいるぞ」

「だとしても、ピッチャーだけは無理です」

「そうだな……。俺もそう思う。でも谷口さんは練習してるはずだ。あの人はそういう人なんだ」

そう言って、丸井さんは店の時計に目をやった。

「お前、これから時間あるか？」

「まあ、あるといえばありますが」

「よし、ちょっと出かけよう。お前にいいものを見せてやるよ」

そう言って丸井さんは立ち上がった。なんだか有無を言わせない迫力《はくりょく》があった。なにが待っているのかわからないが、とりあえず俺はついていくことにした。

「イガラシ、お前はなんでもできるようでいて、マラソンは苦手なんだな」

走りながら丸井さんが言った。

いや俺は苦手なんかじゃない。丸井さんがタフなだけだ。もう30分以上は走ってるのに、なんでこの人は、こんなにスイスイ走れるんだろう。

「ホントのことというとな、俺もマラソンは苦手だったんだ。でも、あることがあってから、俺は徹底的《てっていてき》に走ることにしたんだ。毎日走って、ここまで走れるようになったんだよ」

「あることって、なんですか？」

走りながら話すのは苦しい。でも俺は、意地でも丸井さんについていこうと思った。

「だから、それをこれから教えてやるんだよ。黙《だま》ってついてこい！」

どこまで走るんだ？　苦しくて心臓が破裂《はれつ》しそうだ。もうダメだ……。

そう思ったとき、ようやく丸井さんが歩き出した。

どこだ、ここは？　あたりを見回す。工場らしき建物がたくさんある。ここが工業団地ってところか。初めて来た。こんなところに、いったいなにがあるっていうんだ？

そのとき、スパンという音が聞こえた。

グローブでボールをキャッチしたときの音だ。誰かがキャッチボールをしている。俺は、丸井さんの顔を見た。

「ここだ」

丸井さんが、あごをしゃくった。

そこは、大通りから少し奥《おく》に入ったところにある小さな工場だった。緑色のフェンス越《ご》しに、明かりが見える。確かに、その中から、スパンという音が聞こえてきていた。

俺は、近くまで行って、そっと中をのぞき込《こ》んだ。

谷口さんがいた。

ピッチング練習をしている。ここはなんだ？　ボールを受けている人はいったい誰だ？

「ここはたぶん、谷口さんのお父さんの会社だと思う」

丸井さんが、小さな声で言った。

本当だ。工場の建物に「谷口鉄工」と書いてある。シャッターが開いていて中が見える。決して大きな建物ではないけれど、中には、見たこともない機械がズラリと並んでいた。そして、その工場の明かりを利用して、谷口さんがピッチング練習をしている。

「谷口さんは、もうずっと、ここで自主練をしてるんだ。学校ではキャプテンとして、みんなの練習をみなくちゃいけないからな。だから、自分のための練習を、あの人はここでやってるんだよ」

そうだったのか。確かに、学校での谷口さんは、ノッカーをしたり、みんなへの指導をしたりで、自分の練習時間がとれない。しかも谷口さんは、俺以外の1年にも、熱心に技術指導をしている。正直、大会が近いのだから、そんなのは後回しにすればいいのにと思うくらいだ。

「谷口さんは、陰の努力を欠かさない人だ。家から往復すると1時間以上かかるのに、あの人は走ってここに通って、練習してるんだよ。それを知ってから、俺も、毎日走ることにしたんだ」

確かに、その努力はすごい。でも同時に、無理なものは無理なんだという厳しい現実を見せられているような気がした。どう見ても、谷口さんの投球は初心者レベルだ。試合で使いものになるとは、俺にはとても思えなかった。

「でも、あれじゃあ無理です。とても試合では通用しません」

俺は、そう言い切った。厳しいようだけど、事実は事実。仕方がないことだと思う。

「じゃあお前、それを今、谷口さんに言ってこいよ。そんな練習ムダだから、やめろってさ」

丸井さんが、厳しい声で言った。声のトーンが、完全に別人だった。

「俺にはできない。ああやって一生懸命《いっしょうけんめい》やってる人に、無理だからあきらめろなんて、絶対に言うことはできない」

「俺だって、言えませんよ……」

正直な俺の気持ちだった。たとえ無理でも、あんな風にがんばっている人に、水を差すことなんてできるわけがない。

「なあイガラシ、俺だって今の谷口さんのピッチングを見れば、そうそう試合で通用しないことくらいわかる。でも、だからといって、谷口さんはあきらめたりはしないぞ。やりもしないうちから決めつけるなんて、あの人は絶対にしない」

「丸井さん……」

「わかるか？　お前の連投のことだって同じだ。そりゃあ確かに、お前は野球に詳しいし、自分の体力も冷静に分析《ぶんせき》できてるだろう。でも、最初から無理だって、決めつけすぎてないか？」

やっと丸井さんの言いたいことがわかった。

丸井さんは、俺にがんばれって言ってるんだ。

「第一、冷静に分析したら、俺たちが優勝なんてできるわけないだろ。青葉を倒《たお》してさ。でもイガラシは優勝したいと思ってる。俺だってそうだ。そもそも最初から俺たちは、無理を承知でやろうとしてるんだよ」

ちくしょう。腹が立ってきた。もちろん谷口さんや丸井さんに対してじゃない。自分自身に対して、俺は、猛烈に腹を立て始めていた。

俺が間違っていた。冷静に分析しているつもりで、俺はただ、自分を甘《あま》やかしていただけなんだと気づいた。俺が投げればいい。俺が最後まで投げきればいいだけなんだ。

最後まであきらめてはダメ。いちばん大切なことを、俺は今、学んだと思う。

「わかりました。俺、やります。俺が最後まで投げ抜《ぬ》きます」

俺は、丸井さんの目をまっすぐ見て、そう言い切った。

「行きたいですね、決勝」

「ああ。そんでそこでも勝って、全国大会に出場だ」

全国大会か、いい響《ひび》きだな。

谷口さんには声をかけずに帰ることにした。

丸井さんの気持ちだけは、しっかりと受け取った。

丸井さんと二人で歩き出す。歩きながら、俺は空を見上げた。空気が澄《す》んでいるのか、工場ばかりだというのに、たくさんの星を見ることができた。

「こういうトコでも、星ってよく見えるんですね」

「ああホントだ」

丸井さんも、夜空を見上げて答えた。

俺たちは、星空を見ながら歩いた。背後からは、谷口さんのピッチング練習の音が聞こえてくる。スパン。球がミットに収まる音だ。その音が聞こえなくなるまで、俺は、ずっと夜空を見上げながら歩いた。

俺は学校での練習を終えた後、毎日走るようにした。少しでもいいから、連投に耐《た》えられるだけの体力をつけるのが目的だった。

「兄ちゃん、待ってよ!」

夕食後、一人でロードワークをしようと思っているのに、毎日のように慎二が追いかけてくる。野球部でレギュラーに選ばれてからは、それなりの練習ができるようになったので、暗い河川敷《かせんしき》での慎二との練習を、俺はやめてしまっていた。だから慎二は、夕食後の練習が再開されたことが嬉《うれ》しいのだろう。まったく、なんでも俺と一緒にやりたがる奴《やつ》だ。ついてくるなと言っているのに、慎二は必死に後ろを走っている。

でも、慎二の面倒《めんどう》を見ている暇《ひま》はない。走り始めてもう一週間。長距離《ちょうきょり》を走り切る体力が、少しはついてきたような気もするけど、こんなもんじゃ、まだまだ足りない。

「慎二、無理するな! いつものように途中《とちゅう》で、ちゃんと家に帰るんだぞ」

そう言って俺はペースを上げた。

正直いって、今さら走ったところで、夏の大会で見違《みちが》えるほどの体力アップが見込めるかというと、それは不可能だろう。それでも、俺は走らずにはいられなかった。今まで技術の練習ばかりを重視しすぎた。もっと早くから、基礎体力《きそたいりょく》の面にも目を向けておくべきだったと、俺は反省をしていた。

谷口さんは、まだピッチングの練習を続けているのだろうか。

走りながら考える。なんだか谷口さんのことが気になって仕方がない。試合では使いものにならないのに、今でも懸命に練習しているのだろうか。

気がついたら、足が工業団地のほうに向かっていた。俺はもう一度、谷口さんの練習を見に行ってみることにした。


確か、ここらへんだったな。

あたりを見回しながら、俺は走っていた。

谷口鉄工があった。ミットの音が聞こえてくる。

中をのぞき込む。やはり谷口さんは、ピッチングの練習をしていた。

あれ？　なんだこれ？

自分の目を疑った。

俺は、谷口さんのことがわかってなかった。

いや、俺だけじゃない。丸井さんだって、わかってなかったんだと思う。

すごい球だ。いつの間にか、谷口さんは、鋭《するど》いボールを投げるようになっていた。コントロールもいい。低めにビシビシと投げ込んでいる。

どうなってるんだ？　信じられない。

体が震《ふる》えてきた。

いったいどれだけ、谷口さんは投げ込んだのだろう？

これなら試合に出ても、十分にやっていける。それだけのレベルに谷口さんは成長していた。

足が勝手に動き出した。そして気がついたら、俺は、谷口さんの前に飛び出していた。

谷口さんが驚いた顔で俺のことを見ている。

「イガラシ、どうしたの？　どうしてここにいるの？」

「いや、あの、たまたま通りかかって」

とてもたまたま通りかかるような場所じゃないけど、そう答えるよりなかった。

「あの、俺、アドバイスしてもいいですかね？　ピッチングの」

谷口さんは、ニッコリと笑った。

「もちろんだよ。僕も、聞きたいことがあったんだ。なんか気がついたことあった？」

「ハイ！」

俺は、体重をいかにボールに乗せるかについて、谷口さんに説明した。それにセットポジションの練習だって、してもらったほうがいいだろうと思う。

「なんだ、タカオの友達か？」

キャッチャーの人がやってきて言った。

「うん。野球部の後輩のイガラシくん」

そして谷口さんは、俺のほうを見た。

「僕の父さん。練習に付き合ってもらってるんだ」

「へえ、君がうわさのイガラシくんか。野球、すごくうまいんだってなあ」

「いえ、とんでもないです」

「じゃあ、とりあえずキャッチャーを代わってくれないか。さすがに毎日だと、体がけっこうキツくてなあ」

谷口さんのお父さんは、そう言って笑った。

「悪いね、父さん。毎日付き合ってもらって」

「まあ息子のためだからな」

そうか、ずっとお父さんと練習をしていたのか。なんかうらやましいな。俺の家は、商売をやっているから、両親に遊んでもらった記憶《きおく》すらあんまりない。

バカか、俺は！

自分を叱《しか》りつけた。ないものねだりしてどうする。その代わりに、俺には、たくさんの仲間がいるじゃないか。

１年の俺なんかの意見にも、素直に耳を傾けてくれて、それでいて、強い意志で俺たちを引っ張ってくれる谷口さん。おせっかいで、ちょっとうるさいところもあるけど、面倒見が良くて、優しい丸井さん。

そんな人たちに囲まれて野球ができる俺は、幸せ者じゃなくてなんだ？

青葉学院に行かなくてよかった。

墨谷に入ってよかった。

俺は初めて心から、そう思えてきた。

ミットを受け取って、俺は構えた。谷口さんが投球動作に入る。

うん。いいフォームだ。

バシン！　と、以前と明らかに違う音を立てて、ボールがミットに飛び込んできた。

いける、いけるぞ。俺は嬉しくなった。これでピッチャーが三枚。これなら本当に優勝できるかもしれない。いや、きっとしてみせる。

「ナイスボール！」

俺は、大声をあげ、谷口さんにボールを返した。

7th

イニング

〈谷口〉

夏休みに入り、いよいよ合宿が始まった。といっても場所は墨谷二中《すみやにちゅう》で、期間は五日間だけ。それでも朝から晩まで、野球漬《づ》けの日々が送れるのは貴重なことだ。

「まあ谷口《たにぐち》くん、ケガのないように頼《たの》むよ」

顧問《こもん》の杉田《すぎた》先生が言った。

「はい、気をつけます。でも先生、美術部の合宿って、なにをするんですか？」

「もちろん、絵を描《か》くんだよ」

そう言って杉田先生は、柔《やわ》らかく笑った。

「明日は朝から、海のほうまでスケッチに行ってくるから。それに学校で描くときは、野球部をモデルにする生徒がいるかもしれない。そのときは、よろしく頼むよ」

杉田先生は、美術を担当していて野球部と美術部の顧問を兼任《けんにん》している。だから、野球部に合わせて美術部の合宿も計画してしまったらしい。

「おはよう」

小林《こばやし》さんがやってきた。小林さんは、野球部唯一《ゆいいつ》の女子なので、学校には泊《と》まらず、毎日家から通ってくることになっている。

「おはよう」

僕《ぼく》も小林さんに挨拶《あいさつ》を返した。

「やあ、小林くん、ごくろうさま。がんばってるようだね」

「いや、そんなこと……。普通《ふつう》にやってるだけです」

そんな風に小林さんは、先生に答えた。すると先生は、少し不思議そうな顔で小林さんを見つめた。

「小林くんは、なんだか雰囲気《ふんいき》が変わったな」

小林さんは首をかしげた。自分では、変わったと思っていないのだろう。僕も、小林さんが変わったという印象は持っていない。

とにかく今日から合宿が始まる。それが終われば、夏の大会。少しでも上に勝ち進むために、全力でがんばっていこう。

「夏の大会で、僕たちは必ずどこかで青葉学院と戦う。なぜなら僕たちは、どこにも負けないし、青葉《あおば》も、僕たち以外には絶対に負けないからだ」

合宿はじめの挨拶で、僕は、自分の思っていることを正直にみんなにぶつけた。

「だから、この合宿では、青葉に勝つための練習をしようと思う」

みんなは少し戸惑《とまど》った顔をしている。青葉を倒《たお》すという目標が、大きすぎるのかもしれない。

「いいね、青葉の連中に勝ってやろうぜ」

松下《まつした》が、嬉《うれ》しそうに言った。

僕が言ったときは半信半疑な顔をしていたのに、松下の言葉にはみんながうなずいている。

やっぱりエースの言葉には、それだけの説得力があるみたいだ。

「青葉に勝つには、練習しかないと思う。とにかく、この合宿では厳しくやるつもりだから、覚悟《かくご》しておいてほしい」

僕は、そう挨拶を締《し》めくくった。


練習が始まった。僕は、最初から飛ばしていくつもりだった。ランニングは、グラウンドを大きく20周。いつもの五倍だ。

「マジかよ!」

「きついなぁー」

みんなが口々に言う。

「いいから、さあ行くぞ！」

僕は先頭に立ち、走り出した。グングンとスピードを上げる。しばらくして振《ふ》り返ると、丸《まる》井《い》とイガラシが、すぐ後ろを走っていた。頼もしいな。特に丸井は、レギュラーを外されたにもかかわらず、くさることなくがんばってくれているのが、本当に嬉しい。

ランニングとキャッチボールが終わり、いよいよ本格的な練習になった。僕のプランでは、午前中にノックやフリーバッティングなどの個人技術をみっちりやって、午後はバントや走塁《そうるい》、連係プレーなどの実戦に即《そく》した練習をやるつもりでいた。

まずはノックからだ。

「いつもの半分の距離《きょり》でやるぞ！　怖《こわ》いと思う人は、キャッチャーマスクとかプロテクターとかを、つけてもいいから！」

みんながキョトンとした顔をした。本気なの？　という表情だ。そして、お互《たが》いに顔を見合わせている。

「谷口、やりすぎだろうよ」

小山《こやま》が、僕のそばまで来て言った。

「そうかな？　青葉の打球は強烈《きょうれつ》だから、近い距離でのノックは、絶対にいい練習になるよ。いい考えだと思わない？」

「思わねえよ。お前、それ本気で言ってんの？」

「もちろん」

「でも、危ねえって！」

「だから、ケガしないように、プロテクターとかつけるから」

「……じゃあ、まずお前が見本を見せろよ。お前、いつも人にノックするばっかで、ラクしてんだからよ」

僕は、楽《らく》をしてるつもりなんてなかった。そんな風に思われていたのかと、ちょっと悲しくなった。でも見本を見せるというのは、いいアイデアだ。僕のように、言葉で説得するのが苦手なタイプは、行動で示すのがいいかもしれない。

「そうだね。じゃあ、僕が最初にノックを受けるよ」

「よし、じゃあ、俺《おれ》がノックしてやるよ」

ここぞとばかりに小山がバットを持った。

僕は、グローブを持ってグラウンドへと走る。そして、思い切って、小山の近くに立った。

10メートルぐらいの距離。いつもの半分どころではない。超前進守備《ちょうぜんしん》だ。

「そこでいいのかよ?」

「うん」

「プロテクターとかマスクはいらねーの?」

「大丈夫《だいじょうぶ》。このままでやる」

僕がみんなの見本になる。それには、これくらいじゃなきゃダメだと思った。

ノックが始まった。

いきなり強い球を、小山は打ってきた。もちろんそれでかまわない。僕は、懸命《けんめい》にボールを捕《と》り、素早く小山の横に立つ遠藤《えんどう》に投げて返した。

すべての球が捕れたわけではない。飛びついても届かなかった球もあれば、ポロリとこぼしてしまったものもあった。そして、捕り損ねたボールのいくつかは、僕の顔や体にぶつかってきた。

それでも、ひるまなかった。

僕は、僕の考える「青葉に勝つための練習」を、みんなに見せようと必死だった。好きなだけノックしてくれ。そんな気持ちだった。

何分間、ノックを受けたのかわからなかった。父さんのノックよりも厳しかった。そして、ようやく打ち疲《つか》れたのか、小山がバットを置いた。

「よーし、じゃあみんなもやるぞ!」

僕は、すぐに小山からバットを受け取ると、大きな声でみんなに言った。

何人かは、キャッチャーマスクを準備している。それでいい。とにかくみんなに、強くて速いボールに対処できるようになってほしかった。

僕は、最初から遠慮《えんりょ》なく厳しい球を打った。合宿はたったの五日間。様子見《ようすみ》をしている余裕なんてない。

ノックが終わると、次はフリーバッティングだ。僕は、バッターを思い切って3メートルほど、ピッチャーに近づけることにした。バッティングピッチャーとして、イガラシがマウンドに上がる。

最初に僕が打つことにした。

バッターボックスに立ち、バットを構える。

イガラシの球が、ものすごく速く感じる。体感速度は青葉の佐野《さの》以上だ。

でも、みんなの見本として、むざむざと空振《からぶ》りばかりしているわけにはいかない。スイングのムダを省き、なんとかバットに当てようと懸命に工夫した。この感覚に慣れれば、佐野の球だって打てる。僕は、そう確信した。

僕のバッティングが終わると、みんなが順番にバッターボックスに入る。やはりみんなも苦戦している。それでも、なんとかイガラシの球を打とうと、みんな一生懸命《いっしょうけんめい》だ。

「ナイスバッティング！」

いい当たりが出ると、みんなが声を出す。そして順番を待っている間も、イガラシの投球に合わせて素振りをし、なんとかタイミングを合わせようとしている。いい雰囲気《ふんいき》だと、僕は思った。このままいけば、きっとチームは最高の状態に仕上がるに違《ちが》いない。


「いいかげんにしろ！　こんなのやってられっかよ！」

小山が、大声で怒鳴《どな》った。

「俺は、キャッチャーだ！　なんで毎日、毎日、ノックとか受けなきゃなんねーんだよ！」

合宿は三日目に入っていた。ノックを受ける順番が回ってきたら、小山がものすごい勢いで怒《おこ》り出した。

「ふざけんなよ！」

「え？」

グン、と胸ぐらをつかまれた。反動で僕の首が揺《ゆ》れる。小山の顔が、すぐそばにあった。

「調子に乗ってんじゃねえぞ！」

「やめとけって！」

松下が仲裁に入ってきた。そして小山の腕《うで》をつかみ、僕から引き離《はな》す。

「だってよ、おかしいと思わねえのかよ！」

「わかってる！　俺も、お前に賛成だよ。谷口に言っといてやるから、とにかく、ちょっと頭冷やしてこいって！」

小山が離れると、松下が僕に向き直った。

「谷口さ、お前バカかよ！」

僕は戸惑っていた。バカなんて……、さすがに少しムッとする。いったい僕のなにが間違っていたというのだろう。

「どうして、僕がバカなの？」

「なんで、小山をさらし者にする必要があるんだよ？」

さらし者？　どういうことだ？　小山をさらし者になんてしてない。僕はただ、厳しい練習を通して、みんなに青葉と戦えるだけの実力をつけてほしかっただけだ。確かに、小山はゴロを捕るのがあまりうまくなかった。でも、だからこその練習だ。

「ぼ、僕は、青葉に勝とうと……」

「バカ！　あいつはキャッチャーなんだぞ。キャッチャーに、強いゴロが飛んでくるのか？　青葉に勝つために、小山にノックは必要なのか！」

「あっ……」

松下の言っていることが、やっとわかった。その通りだ。

「そりゃ、サードのお前なら、この練習は必要だよ。すげえ、いい練習だ。でも、あいつはキャッチャーなんだぞ。内野の守備練習も、今までやってきてないんだ。なのに半分の距離のノックなんて、できるわけねーだろ！　みんなが同じである必要ねーんだよ！」

「……うん」

「それを、毎日毎日あんなにやらせてよ。後輩の前で、恥《はじ》かかされてよ。かわいそうだと思わねえのか。お前が小山の立場だったら、どう思うよ？」

「……」

自分に置き換《か》えてみて、松下の言葉が心に響《ひび》いた。

僕も入部初日、みんなの前でノックを受け、まるで捕れなかった。悔《くや》しくて悲しくて、恥《は》ずかしくて、野球部をやめてしまおうと考えた。

なんで、あのときの気持ちを忘れてしまったんだろう。あんなにつらかったのに、それと同じ思いを、僕は、小山にさせてしまった。小山はこの三日間、そのストレスに耐《た》えてくれていたんだ。

「ごめん」

「ああ、わかったんなら、もういいよ」

「僕、小山に謝ってくるよ」

「今は、やめとけって」

松下がそう言って笑い出した。

「まったく、お前って、素直で極端《きょくたん》だな。今はあいつもカッカとしてるから、やめとけよ。後で俺から言っとくから。お前はとりあえず、次の練習をしとけ」

僕はうなずいた。松下がそう言うのだから、きっと、それが正しいのだろう。

「あの……、あとの練習内容は、今のままでいいかな？　なにか、変えたほうがいいこととかある？」

松下が、心からおかしそうに笑い出した。

「お前って、ホントおもしれーな！　今のままでいいよ。ただちょっと柔軟《じゅうなん》にやれってだけだよ。第一、みんな守備がうまくなったし、バッティングも良くなってきてるじゃねーか」

「そうなの？」

「そうだよ、安心しろ。お前は、よくやってるよ」

松下にそう言ってもらえると、少しほっとする。

松下は、自分中心で、あまり人の気持ちなんか気にかけないタイプなのかと思っていた。でも、それは大間違いだった。僕よりも、ずっとたくさんのことが見えているようだ。

それに引き換え、僕はどうだ。

キャプテン失格じゃないかと、情けなくなってしまった。

〈小山〉

あームカつく。おもしろくねえ。

「おーい、ちょっと午後はのんびりやろうぜ。うるせえのも、いなくなったしよ」

俺《おれ》は、昼めしを食い終わると、みんなに声をかけた。

昼めしは、美術部と野球部が一緒《いっしょ》に教室で食べることになっている。

メニューは業者による配送の弁当。野球部と美術部がそれぞれ必要な数を集計して、それを杉田先生がまとめて注文してくれていた。

谷口の姿は教室にはない。地区大会の抽選《ちゅうせん》に、マネージャーの小林詩織と一緒に出かけてしまった。だから立場としては、副キャプテンの俺がいちばん上ということになる。

「小山、いいこと言うねえ。午後は少しラクしようぜ」

遠藤がすぐに応じてくれた。やっぱりこいつとは気が合うなと思う。

「それにしても、今どき、あんな特訓はないよな。俺、倒《たお》れてやろうかと思ったぜ」

高木《たかぎ》が笑いながら言った。高木も、谷口のやり方に不満を持っているらしい。

午前の練習が終わったら、谷口が謝ってきた。ごめん、悪かったと、しおらしい口調だった。まあ、いい。でも、それで俺の気がすんだというわけじゃない。まだムシャクシャする。

午後の練習は、俺に任せるからよろしくと、あいつは言いやがったけど、俺は素直に練習する気にはなれなかった。

「いっそ、午後の練習は休みにするか。どう思うよ?」

「お、いいな。そうしようぜ」

すぐに反応したのは、遠藤だけだった。他の連中は、キョロキョロとお互《たが》いの顔を見ているだけだ。高木も今度は黙《だま》ってしまっている。

「いや、あの……。練習しましょうよ。合宿も、あと三日しかないし、夏の大会も近いわけですから」

丸《まる》井《い》が口をはさんだ。

はあ? なんで2年が、俺に意見をしてくるわけ?

「うるせーな! 黙ってろよ!」

丸井が黙り込《こ》んだ。生意気な野郎《やろう》だ。だいたいレギュラーを外されたとき、俺は丸井の味方をしてやったはずだ。それなのにあいつは、いつの間にか谷口派になってやがる。本当にムカつく奴《やつ》だな。

「だったら自主練にしたらどうですか」

今度は、イガラシだった。俺は、イガラシをにらみつけた。

「それがいちばん平和だと思いますけど。練習したい人はして、休みたい人は休む。どうですかね、小山さん？」

なんだ、この口の利《き》き方？　こいつは１年じゃねーか。谷口のバカが甘《あま》やかすから、こんな口の利き方を、こいつらはするんだ。

松下がクスクスと笑いながら、俺のことを見ている。こいつもわからない男だ。さっきは俺の味方だったけど、今度はどうやら違《ちが》うようだ。

「じゃあ、午後は自主練だ。休みたい奴は休め。そんで練習したい奴は練習しろ。それでいいな」

俺は、そう指示を出した。なんか、本気でどうでもよくなってしまった。野球部も合宿も、谷口も。もう、どうにでもなれ。そんな心境だった。

「なんだよ、結局、休むのは俺と小山だけかよ」

遠藤が言った。

「みてーだな」

俺は、そう答えた。本当はもっと休む奴がいるかと思っていた。高木をはじめ、何人かは迷っていたようだったけど……。もう全員、好きなようにやればいい。

「で、小山、これからどーする？　どっか遊びに行くか？　それともここでダラダラするか？」

「ここはまじーな。片付け始めちゃったし、とりあえずここは出ようぜ」

めしの準備や片付けは、野球部と美術部の１年が交替でしている。今日の昼めしは美術部の番で、もう美術部の１年が片付けを始めている。だから俺たちは、とりあえずグラウンドが見えるあたりまで、出てみることにした。

グラウンドでは、さっそく練習が始まっていた。やっぱり谷口がいないせいか、のんびりしているように見える。これなら練習でもよかったかなと、俺は少し後悔《こうかい》をした。

「なにしようか？」

「昼寝《ひるね》するったって、場所もねえしな」

遠藤がため息をついて答えた。

夜、俺たちは体育館に布団を敷《し》いて寝ている。ただし、昼間はバスケ部やバレー部が練習をしているので、夕方6時以降にならないと、体育館でのんびりすることはできない。

「普通《ふつう》に遊びに行くか。小山、ゲーセン行こうぜ、ゲーセン」

「ちょっと待てって。俺、私服持ってきてねえから」

学校には制服を着てきた。それ以外であるのはユニフォームとジャージだけだ。わざわざ家まで戻《もど》って着替《きが》えるのもバカバカしいし、かといって制服やジャージ姿でゲーセンに行くのもなんだか気が進まない。そもそも、ゲーセンで遊ぶほどの金を、俺は持ってきてはいなかった。

「ま、とりあえずコンビニでも行って、アイスでも食おうぜ」

なんだか冴《さ》えないな。そんなことを思いながら、俺はそんな提案をした。


「それにしても、あちーな」

とりあえずジャージには着替えた。

俺たちは、コンビニ脇《わき》の日陰《ひかげ》で、地面に座り込みながら、コーラを飲んでいた。

「今、何時?」

「もうすぐ2時だな」

遠藤が、コンビニをのぞき込んで答えた。

まだ、1時間しかたってないのか。俺たちがコンビニに来たのが、たぶん1時ごろ。アイスを買ったけど、すぐに食べ終わってしまい、やることがなくなってしまった。行く場所もないから、日陰に入りグダグダして、さっきまたコーラを買ってきたところだった。

「花火でも買うか。そんで夜には花火大会やろーぜ」

思いつきで、そんなことを俺は言ってみた。

「いいな、それ。適当にいっぱい買ってって、後で割り勘《かん》にして、他の連中から金集めよーぜ」

「よし、じゃあ花火買うか」

そう言って俺は立ち上がった。

そのとき。

「あー時間のムダ。なんなんだよバカバカしい」

「監督《かんとく》、なに考えてんだろうな。墨谷の練習を見てこいなんて」

「10分も見りゃ十分だったな。あんなだらけた練習はよ」

そんな声が聞こえてきて、俺は遠藤と顔を見合わせた。

青葉学院野球部の連中だった。六人いて、コンビニに入ろうとしている。全員に見覚えがあった。青葉のレギュラー連中だ。しかも、先頭にいるちっこいのはエースの佐野だった。

こいつら、ウチを偵察《ていさつ》に来たっていうのか？

ジロジロ見ていたので、先頭の佐野と目が合ってしまった。

「よう」

俺のほうから声をかけた。

「誰《だれ》？」

佐野ではなく、俺よりも体の大きい奴が返事をした。確かキャプテンで藤田《ふじた》って奴だ。

「墨谷の野球部のもんだけど」

「ああ」

藤田がうすら笑った。

「あんたらウチを偵察に来たの？」

「偵察？　うん、まあ偵察かな」

相変わらず藤田は気持ち悪い笑い方をしている。

「で、あんたたちこそ練習中に、こんなとこでなにしてんの？」

「……休憩《きゅうけい》だけど」

俺が、そう答えると、誰かが「休憩」とオウム返しに言って笑い出した。

「なにがおかしいんだよ？」

「サボってたんでしょ」

佐野が口をはさんできた。いかにも人をバカにしたような皮肉な笑いを、口の端《はし》に浮《う》かべている。

「せっかくボクたちが偵察に来たのに、サボってる人がいるとか残念です。練習していた人たちのレベルも、ありえないほど低かったし」

確か、佐野は2年だったはず。なんなんだ、この口の利き方は。

「てめえ、口の利き方に気をつけろ！　俺は、3年なんだよ！」

「は？」

佐野が首をかしげた。まるで、わざとこちらを怒《おこ》らせたいかのような憎《にく》らしい顔をしている。

「野球に学年とか関係ないでしょ。しかも肝心《かんじん》の野球は、ボクよりヘタだし。それに一生懸命《いっしょうけんめい》練習するならまだしも、サボってるとか、話にならないって」

「てめえ！」

頭に血が上った。グイッと佐野に近づこうとすると、藤田が割って入った。

「やめろ、悪かった。謝るよ」

そう言いながらも、藤田の顔は余裕《よゆう》しゃくしゃくだった。そして佐野を見て、

「おい、お前も謝っとけ」

と言った。

「すいません」

佐野は頭を下げた。でも反省なんてしていないのは、ニヤニヤとしたいやらしい笑い方ではっきりわかる。

青葉の連中は、コンビニに入らずに歩き出した。

「買い物しねーのかよ？」

「いつまでもここにいて、ケンカでも売られたらバカバカしいからな。あんたらと違って、俺たちは全国を目指してるんだ。じゃあ」

「大会で会いましょう。まあ、ボクたちと当たるまで勝ち進めたら、の話ですけどね」

藤田と佐野は、そう言って歩き出した。他の連中も、その後を追う。

「あー、頭来た。なんだったんだよ、あいつら」

青葉の連中がいなくなると、遠藤があきれたように言った。

「ホント、ムカつくよな。バカにしやがって」

「でもさ、偵察に来たってことは、俺たちのことを、少しは警戒《けいかい》してるってことじゃね？」

確かにそうかもしれない。春の大会で負けたとはいえ、少なくとも他のどの学校よりも、俺たちは青葉と善戦したはずだ。監督の指示で偵察に来たと、あいつらは言っていた。つまり、青葉の監督は、俺たちを意識しているってことだ。

「夏の大会の組み合わせって、どうなってるんだろうな？」

トーナメント表が見たいと俺は思った。青葉と何回戦で当たることになるんだろう。

「知らね。今ごろ抽選してんじゃねえの」

「でも、ずっと勝ち進めば、どっかで青葉と当たるってのは、その通りだよな」

これは合宿のはじめに谷口が言っていた言葉だ。

「そうだな。確かにあいつらは強いよ。でも、もしあいつらに勝てるとしたら、それは俺たちなんじゃねーかな」

「……なあ」

俺は、遠藤に話しかけた。

「ちょっと真剣《しんけん》にさ……。やってみねえか？」

「真剣にって、なにを？」

「そ、そりゃあ……」

もちろん、野球を、だ。

学校に戻《もど》って練習をして、大会で青葉をぶっ倒してやろうという意味だ。でも、今さら言い出しにくい。

ふいに遠藤が笑い出した。

「ハハハ。わかってるよ。よし、やろう！　あいつらに俺たちの実力を見せつけてやろうぜ！」

さすがは遠藤。いちいち説明しなくても、俺の言いたいことをわかってくれる。

よし、練習をしよう。俺たちは、学校に戻ることにした。

〈**詩織**〉

もうすぐ墨谷二中が見えてくる。二人で、大会の抽選会《ちゅうせんかい》に行ったけれど、ほとんど谷口くんと話をすることができなかった。もともとおとなしいタイプの谷口くんだけど、いつも以上に静かなのは、きっと午前中に小山くんともめてしまったからだろう。

でもわたしは、谷口くんとちょっと話をしたいな、と考えていた。もちろんこれは、郁美《いくみ》の言うような恋愛感情《れんあいかんじょう》なんかではない。

「青葉学院とは、別ブロックだったね」

いよいよ学校が近づいてきたので、思い切って、わたしは声をかけてみることにした。

「うん」

「ってことは、青葉と戦うには決勝まで行かないとダメってことだよね」

「そうなるね」

会話が途切《とぎ》れてしまった。

わたしも会話が苦手だ。だから、もうなにを話せばいいのかわからなくなってしまった。

「僕、キャプテンに向いてないよね」

ずいぶん間をおいてから、谷口くんがポツリと言った。やっぱり、小山くんとのことを気にしていたんだ。

「そんなことない。谷口くんはちゃんとやってると思うよ」

「そうかな。僕は、ホントになんにもわかってなかったんだなって。それなのにキャプテンとかやって……。なんか、みんなに申し訳がなくて」

「そんなことないって！」

わたしは少し強い言い方をした。

「谷口くんは、ホントによくやってるから。チームは、すごく強くなってる」

わたしは、本当にそう思っている。野球の細かいことはわからないけど、チームが強くなっていることには自信があった。

でも谷口くんは、なにも言わない。黙《だま》って足元を見たまま歩いている。

「きっと、谷口くんの一生懸命《いっしょうけんめい》な気持ちは、みんなに伝わってるから……」

そう言ってから、わたしは、わたし自身の言葉に驚《おどろ》いてしまった。

一生懸命だとか、気持ちが伝わるとか……。

そんなことを、わたしは信じていなかったはずだ。青葉学院の受験に失敗したあの日から、ずっと……。なのに、なんでこんなことを言ってしまったのだろう。

「ありがとう」

そう言って谷口くんが、少し笑った。

わたしの言葉は、その場だけの、いい加減なものだったのかもしれない。それでも、谷口くんの気持ちが少しでも楽《らく》になったのなら、それはそれで……よかったんだ。

二人で校門をくぐった。

金属バットの音が聞こえてきた。わたしは、このキンという金属バットの響《ひび》きが、最近とても心地《ここち》よいと感じるようになっていた。

グラウンドが見えてきた。みんなが練習をしている。

あれ？

なんかすごい熱気だ。

内野の連係プレーの練習をしている。ノックをしているのは丸井くんだ。そして小山くんが大きな声で指示を出している。まさかの光景だ。あの小山くんが、こんなに熱い感じで指示を出すなんて信じられない。ひょっとすると、本当に谷口くんの気持ちが、みんなに伝わったのかもしれない。

谷口くんが嬉《うれ》しそうにしている。気のせいかもしれないけど、泣いているようにも見える。

よく確認しようとしたら、谷口くんが急に走り出した。そして少し行ったところで、こちらを振《ふ》り返り、

「あの僕、練習に参加したいんだけど、先に行ってもいいかな？」

と言った。

「うん」

わたしは笑って答えた。

ダメだなんて言えるわけがない。

谷口くんが、再び走り出した。ちょっとびっくりするくらいの全力疾走《ぜんりょくしっそう》だった。

わたしは、もう一度グラウンドに目をやる。本当に生き生きと、みんなが練習している。

一生懸命な気持ちは、本当に伝わるのかもしれない。

みんなの練習を見ながら、そんなことをわたしは思った。

8th

イニング

合宿が終わり、夏の大会が三日後に近づいてきた。

みんなの練習にもさらに力が入り、かつてないほどチームの雰囲気《ふんいき》は良くなってきている。

でも、それとはうらはらに、僕《ぼく》の気分は少し重たかった。とても重要なチームの方針を、僕は心の中で決めている。なのにまだ、副キャプテンの小山《こやま》や、いちばん話すべき相手である松《まつ》下《した》に、それを伝えてはいなかった。

いつまでも先送りすることはできない。僕は練習が終わってから、小山と松下に部室に残るよう頼《たの》んだ。

「なんだよ谷口《たにぐち》、なんの話があるんだ？」

小山が言った。ワイシャツのボタンを開けたまま、椅子《いす》にどっかりと座っている。

「あの……ピッチャーの起用についてなんだけど……」

「やっとその話か、遅《おそ》いんだよ」

松下があきれたように言った。

「ごめん、遅くなって」

「まったく、ピッチャーは、登板に合わせた調整がいるんだからな。三日前なんてギリギリだぜ」

「ごめん……」

「わかった、わかった。もう謝らなくていいから、聞かせてくれよ。どういうローテーションで、この大会を戦うんだ?」

松下が笑って言う。どうやら本気で怒《おこ》っていたわけではないらしい。

僕は少し息を吸って、それから、思い切って切り出した。

「イガラシを青葉《あおば》にぶつけようと思う。決勝戦は、イガラシを先発させるつもりだ」

二人の顔色が変わった。

「今度の青葉は本気でくる。だから、イガラシじゃなきゃダメだ。そして松下には、そこまでの試合を、一人で投げてもらおうと思っている」

「決勝だけ、イガラシが投げるってことか?」

小山の声が上ずっていた。

「うん。イガラシのことを、青葉に研究されたくないんだ。墨谷《すみや》の秘密兵器として、イガラシを隠《かく》しておきたい。だから松下は、準決勝を勝ち切るまで、一人で投げ抜《ぬ》いてほしい」

胸が痛む。

でもこれが、何日も考えて、僕が出した結論だった。

今の墨谷には、松下とイガラシ、二人のピッチャーがいる。実力は、イガラシのほうが上だと思う。けれど、イガラシのスタミナに不安があることと、イガラシを野手で使うほうが、攻《こう》撃《げき》面《めん》を含《ふく》めたチーム総合力が上がることから、僕はずっと、エースは松下でいこうと考えていた。

ただ青葉の攻撃力だけは特別だ。松下では大量失点する危険性がある。

もし10点以上も取られるような試合展開になれば、僕たちに勝ち目はなくなってしまう。失点を抑《おさ》えるべきだ。

そのためには、墨谷のベストピッチャーであるイガラシを、青葉にぶつけるべきだ。それがいちばんいい戦略だと思う。まさかイガラシが投げるとは青葉の連中も考えていないはずだ。決勝でいきなり先発させれば、青葉の機先を制することができる。

「それはつまり、イガラシを温存するために、決勝までは松下に投げさせるってことなのか？」

少し落ち着いたのか、小山が低い声で言った。まるで納得できないという口調だった。

「うん……。青葉に勝ち、大会で優勝するには、それしかないと思う」

松下は、僕にとって大きな存在だった。

いつも松下は、僕を助けてくれた。それは道徳の教科書に出てくるようなまじめくさったやり方でなく、松下らしい、少し乱暴な言葉だったりしたけれど、僕はそれで何度も助けられた。

本当は僕だって、松下に決勝で投げてほしい。

でも……


でも、僕はキャプテンなんだ。

チームにとっての最善のことを、キャプテンはしなければならない。

「それって……」

小山の声が震《ふる》えていた。

「松下の気持ちはどうなるんだよ？　こいつは、肩《かた》が痛いのも我慢《がまん》して、ここまでやってきたんだぞ」

「え？」

僕は驚《おどろ》いた。

「気づいてたの？　小山」

「当たり前だ。俺《おれ》は三年間、松下のボールを受けてきたんだぞ。合宿のころから、なんかおかしいと思ってたんだ。谷口、お前だって気づいてたんだろ？」

「うん……。前に一度、そのことで松下と話したことがあるから」

「だったら、なんで？　こいつは、青葉に勝つために、無理してがんばってきたんだぞ。それならむしろ、準決勝までイガラシが投げればいいじゃないか。それで、決勝は松下で――」

「ばかやろう！」

鋭《するど》い声で、松下が小山をさえぎった。

「バカ、肩なんて、なんともないよ」

「そんなわけないだろ」

「ホントなんだ。ちょっと痛い時期もあったけど、今は大丈夫《だいじょうぶ》なんだ」

「ホントか？」

「ああ、ホントだ」

「松下……」

小山は、それ以上なにも言わなかった。

松下は小山から目をそらし、まっすぐに僕のほうを見た。松下らしい、強い意志をもった視線だった。

「いいぜ、谷口。お前が、チームが勝つために考えたことなら、俺は喜んでやってやる。肩のことなら、準決勝までなら絶対に大丈夫だ。約束する。イガラシを温存したまま、俺は、墨谷を決勝まで連れていく」

「松下……」

「それに俺、準決勝でノーヒットノーランやるから。そうすりゃ谷口だって、俺を決勝で先発させるだろ?」

スッキリとした顔で、松下は言った。

「うん、……そうだね」

僕も笑って答える。

準決勝でノーヒットノーランなんて、できるわけがない。それは、松下だってわかっているはずだ。松下は、松下らしい言い方で、僕の考えを受け入れてくれた。

ありがとう、松下。

僕は心の中で、松下にお礼を言った。

「それとな、谷口。俺は知ってるぜ。お前、ピッチャーの練習してるだろ」

「え？　ホントか、谷口？」

松下の意外な言葉に、小山も驚いた様子で尋《たず》ねてくる。

「う、うん。でも、なんで知ってるの？」

「イガラシが教えてくれたんだ。俺の肩を心配して、お前がピッチャーの練習してるって」

「そう。でも、ごめん。とても使いものにならないよ。変化球なんて一つも投げられないし、
それに実戦経験がないんだから……」

「そうか？　イガラシの話じゃ、けっこういいストレートを投げるって聞いたぞ。あれなら、
青葉が相手でも、短いイニングなら通用しますって」

「え、ホントに？」

「ああ。あのイガラシが、お世辞なんか言うわけないからな。ホントだろ」

ピッチャーの練習はずっと続けていた。でも、やっぱりピッチャーは難しかった。とても満
足のいくレベルには仕上がらなかった。ふがいない、そう思っていたのに……。

「バカ！　谷口、なんで早く言わねーんだよ。じゃあ、バッテリー練習が必要じゃねえか。俺
はまだ、お前のボール、受けたことないんだぞ」

小山が怒鳴《どな》り声で言う。

「あ、ご、ごめん。じゃあ、さっそく明日から」

「バカ、今日からだよ。どうせお前、これから自主練するんだろ。付き合ってやるよ」

「あ、ありがとう」

僕は慌《あわ》てて、お礼を言った。

「ハハハ、バッテリーは夫婦っていうけど、お前らさっそく、夫婦ゲンカかよ」

「なに言ってんだよ、笑いごとじゃねえって」

「そうだよ、松下、やめてよ」

「照れるなって」

松下の笑いにつられるように、僕と小山も、声を出して笑った。

〈**小山**〉

「なあ、小山。谷口の球、受けてみてどうだったよ?」

隣《となり》に座った松下が言った。

あたりはすっかり暗い。ひょっとすると、もう8時近いかもしれない。

「たいしたことなかったな。でも、まあ悪くもなかったぞ。あんなもんじゃないか」

俺《おれ》は言葉を選んで答えた。

河川敷《かせんしき》のグラウンドにあるベンチに、俺たちは並んで座っている。谷口はとっくに帰ってしまった。俺は、なんとなく松下と話がしたかったから、声をかけ、こうして誰《だれ》もいないグラウンドを二人で眺《なが》めている。

「そうか？　俺には、結構《けっこう》いい球投げてたように見えたけどな」

「だから悪くはなかったよ。でも、松下のほうが全然上だ」

少し大げさに言った。本当は、谷口の球はかなりのものだった。経験がないのは不安だけど、万が一、松下とイガラシが投げられなくなったときは、試合に使ってもいいと思う。でも、もし松下が万全なら、谷口なんかが松下にかなうわけがない。

「ありがとよ」

松下は、そう言って笑った。

「じゃあイガラシはどうだ？　あいつの球を受けてみて、お前、どう感じてるよ？」

難しい質問だ。どう答えようかと、俺は少し考えた。

「たいしたもんだよ、あいつは。そこら辺の奴《やつ》らじゃ、まずあいつの球は打てないと思うぞ」

「俺と比べてどうだ？」

「……ストレートは、お前のほうが上だ」

俺はウソをついた。イガラシは、ストレートも変化球も松下より上だ。それは俺も認めている。でも、だからといって、決勝までイガラシを温存するような谷口のやり方には賛成できない。

松下はどう思っているのだろう？

松下の横顔を見る。月の明かりしかないから、どんな表情をしているのか、よく見えなかった。

「準決勝までは俺に投げさせるって、谷口は言ってたよな？」

「ああ。それに、もし準決勝でお前のピッチングが良ければ、決勝だってお前で行くと言ってたぞ」

松下が小さく笑った。すごく寂《さび》しそうな表情をしているのが、月明かりの下でもわかった。

どうした、松下？

準決勝でノーヒットノーランを決めて、決勝でも投げるって、威勢のいいこと言ってたじゃないか。あの強気なお前は、どこに行っちまったんだ……。

ひょっとして、俺が思っている以上に、お前の肩《かた》は深刻なのか？

「とにかく準決勝までは、俺が最後まで投げる。だから、小山も応援《おうえん》してくれよ」

「当たり前だ。俺はお前に最後まで付き合うよ！　だから気合い入れていこうぜ！」

弱気な松下なんか見たくない。

だから、必要以上にデカい声を出して、松下の背中をドンと叩《たた》いた。

〈谷口〉

いよいよ夏の大会が始まった。

僕《ぼく》たち3年生にとっては、最後の大会であり、集大成でもある。

目標は青葉学院に勝つこと。つまりは優勝だ。

青葉学院と墨谷二中は、ブロックが分かれている。だから、青葉と戦うためには、決勝まで勝ち進まなければならない。そして、青葉に勝つということは、優勝して全国大会に出場するということでもある。

１回戦、２回戦と、僕らは順調に勝ち進んだ。どちらもコールド勝ちだった。今までやってきた練習の成果だと思う。僕たちは、はっきりと強くなった。

そして今日は準々決勝の石川《いしかわ》中学戦だ。これに勝てばベスト４進出。ここまでくると、相手もさすがに強い。

４回を終了《しゅうりょう》して３対２、僕たちが１点だけリードをしていた。

「よーし、ツーアウト、ツーアウト。しまっていこう！」

僕は、サードからみんなに声をかけた。ランナーがセカンドにいる。ヒットを打たれたら、同点にされてしまうかもしれない。

松下は大丈夫《だいじょうぶ》だろうか？

ここまでの２試合は、コールド勝ちだったし、相手もたいしたことがなかったので、投球数も少なくてすんだ。でも今日は、もう80球近く投げているはずだ。肩《かた》の痛みが出てはいないだろうかと心配になってくる。

キン！

鋭《するど》い打球音。松下の投げたボールが捉《とら》えられた。センター前に抜《ぬ》ける。

が、それをイガラシが横っ飛びで捕《と》った。ファーストに送りアウト。チェンジ。

「ナイスキャッチ!」

僕はベンチに戻《もど》りながらイガラシに声をかけた。やっぱりイガラシは、守備が抜群《ばつぐん》にうまい。

ここで相手の反撃《はんげき》を断ち切れたことは本当に大きい。


「うるせーな、大丈夫だよ!」

松下の大きな声がベンチの中に響《ひび》いた。

声のしたほうを見る。松下と小山が並んで座っていた。

「そんな、いきなり怒鳴《どな》るなよ。気になったから聞いただけだろ」

「だから大丈夫だよ。なんの問題もねえって!」

直感的に、松下の肩についてだなと思った。

ただ、松下の反応が気になる。もし、問題がないのなら、松下の性格からいっても笑い飛ばしていたはずだ。けれど現実の松下は、カリカリとして小山に怒鳴ってしまっている。

痛みが深刻なのかもしれない。

「まあ、お前がいいって言うなら、それでいいけどよ」

小山は、そう言って黙《だま》った。

松下の横顔を見る。なんだか少しつらそうな表情に見えた。

なんとか、がんばってくれ。

心の中で声をかけた。

僕の、イガラシを決勝戦まで温存するプランは、松下のがんばりが前提になっている。

だからこそ、少しでも点差をつけて、松下に楽《らく》なピッチングをさせてやりたい。

そう考えながら、僕はネクストバッターズサークルへと向かった。打席には3番に抜擢《ばってき》したイガラシがいる。イガラシは、ここまでの3試合で、打率5割以上の好成績をあげていた。

打った！　いい当たりだ。

イガラシは二塁打《にるいだ》を放った。

よし！　行くぞ！

松下のため、そしてチームのためにも、ここは絶対に打つ。

気合いを入れて、僕はバッターボックスへと向かった。

「なあ谷口、話があるんだけど」

石川中学との試合が終わると、小山が声をかけてきた。

試合は結局、6対3で僕らが勝った。コールド勝ちではなかった。7回すべてを松下が投げたため、投球数は120球近くになってしまっていた。

「なに?」

「松下のことだ」

やっぱりなと僕は思った。試合の後半、相手の打ち急ぎに助けられたけど、松下の球威《きゅうい》ははっきりと落ちていた。

「俺、あいつに次の準決勝は休んで、イガラシに投げてもらったらどうだって言ってみたんだ。そんで、決勝戦をお前が投げろってさ」

「松下はなんて言ってた?」

「予定通り、準決勝まで投げるって言ったよ」

そう言って小山はため息をついた。

「あいつ、かなり無理してんのかもしんねえな。それに、青葉相手に、自分じゃ分が悪いってわかってるのかもしれない」

「……うん」

「明日は、打って打って打ちまくるぞ。俺たちが、打撃《だげき》で松下を援護《えんご》するんだ」

小山はそう言うと、僕の顔を見てニコリと笑った。


〈松下〉


くそ、また痛みが出てきやがった。

準決勝の隅田《すみだ》中学戦。俺《おれ》は、1回にいきなり2点を取られた。納得いかない。肩《かた》の調子が万全なら、こんな奴《やつ》らに打たれるわけねーのに……。

2回の表になり、また1点を追加されてしまった。これで0対3。しかもまだワンアウトで、ランナーが三塁《さんるい》にいる。

あーあ、また集まってきちゃったよ。あんまりマウンドに集まってばっかいると、審判に注意されるっつーの。谷口なんか全力でこっちに走ってくる。

「どう松下？　大丈夫《だいじょうぶ》そう？」

「大丈夫だよ、余裕でいけるよ」

俺は、笑って答えた。

肩の調子は？　とは聞いてこない。そのくせ誰《だれ》よりも早くマウンドまで走ってきて、他の連中に話の内容を聞かれないようにしている。いかにも谷口らしい気の使い方だ。まわりが見えていなくって、それでいてまっすぐな奴。お前、あんまり全力で走ってくるから、かえって秘密の話をしているのが、他の連中にバレバレだぜ。

小山や、他の連中も集まってきた。

「どうする？　奴ら、スクイズでくるかもしれんぞ」

小山が、俺と谷口の顔を交互《こうご》に見ながら言った。

「うん、だから前進守備で、もう一点もやらないようにしよう。とにかく相手がバントの体勢に入ったら、ダッシュして絶対に成功させない。いいね」

谷口が、俺とファーストの加藤の顔を見ながら言った。

言われなくても、そんなことはわかっている。俺は黙《だま》ってうなずいた。

「とにかくこれ以上の追加点は、絶対に許さない。みんな気合いを入れていこう！」

みんなが、それぞれのポジションに戻《もど》っていく。

と思ったら、小山が戻ってきた。

「おい松下、ホントに肩、大丈夫なのか?」

「だから大丈夫だって。心配するなよ」

俺は、なるべく余裕《よゆう》に見えるように笑って答えた。

まったく、谷口といい小山といい、他の連中がいないときを見計らっては、肩の調子のことを俺に聞いてくる。

うるせえな。第一、そんな気を使わなくても、俺がどこか痛めてんのは、もうみんなにバレてるって。丸井《まるい》なんかは、俺の顔を見るたびに泣きそうな顔をする。からかってやろうかと思うけど、「肩痛めてるんですか?」なんて、やぶへびになったら面倒《めんどう》だから放置している。

とにかく、みんなを安心させるためにも、もう1点もやれない。俺は、どんなに痛くても、たとえこの試合で肩がぶっ壊《こわ》れたとしても、最後まで投げ抜《ぬ》かなきゃいけない。それが、あいつらとの約束なんだから……。

投球動作に入ると同時に、相手のバッターがバントの体勢になった。

谷口と加藤が思い切りダッシュしていく。するとバッターは、いきなりヒッティングに変えて打ってきた。

ヤバい、バスターだ！

打球は、加藤と俺の間をすり抜けていく。マズい、また点を取られる。

ザザッ！

イガラシが打球に飛びついた。捕《と》っている。そして、信じられないほどすばやく上半身を起こし、バックホームした。送球が、まっすぐ小山に届く。タッチ。アウトだ。

「ナイスプレー！」

内野の連中はもちろん、ウチのベンチも大騒《おおさわ》ぎだ。

「悪いな」

イガラシに声をかけた。

「大丈夫です。バックを信頼《しんらい》して、思い切り投げてください」

かー冷静だね、こいつは。どんだけクールなんだよ。でも、確かにイガラシがレギュラーになってから、ウチのチームの守備力は格段に上がった。打線もこいつを3番に入れてから、相当に攻撃力《こうげきりょく》に厚みを増した。

なんだかんだあったけど、谷口の判断は正しかったんだな。

スリーアウト目を、ようやく三振《さんしん》でとることができた。この試合初めての三振だ。

「ナイスピッチングです、松下さん！」

ベンチに戻ってくると、丸井が必要以上にデカい声をかけてきた。

「どこがナイスピッチングなんだよ。点を取られてるだろうよ」

「すいません」

俺は、冗談《じょうだん》ぽく言ったはずなのに、丸井はしょんぼりとしている。まったくやりにくいな。

気を使うなと言いたいけれど、そんなことしたら、かえって気まずくなるような気がする。

「さあ逆転するぞ！」

谷口が大きな声で言った。

そう。打ってきゃいいんだ。取られた以上に、こっちが点を取ればいいだけのことだ。

でも……。

本当にそれでいいのか？

急にそんな考えが浮《う》かんだ。

俺が肩を痛めていることを、たぶんもう全員が知っている。それでもみんななにも言わない。

黙って俺に投げさせている。

イガラシが投げていれば、もっと楽《らく》に戦えるんじゃないのか？

確かに、決勝までイガラシを温存できればいいけど、温存したまま負けたんじゃ、元も子もない。3点差って、もうギリギリなんじゃないのか？

俺が、みんなの足を引っ張ってるのかもしれない。

ええい、くそ！

なにを弱気になってるんだ。

俺らしくねえぞ。俺はこの試合、最後まで投げ切る。点を取られちまったものはしょうがねえ。3点差ならまだ大丈夫。もうこれ以上、追加点をやらなきゃいいだけのことだ。

気合いを入れろ、俺！

まわりの連中に悟《さと》られないように、俺は俺に喝《かつ》を入れた。

〈小山〉

マズいな。あの強気な松下の顔が、なんだか弱気になっているように見える。

「小山、聞いてる？」

谷口が俺《おれ》を見ていた。俺たちは、マウンドに集まっていた。

「ああ、ワリい」

「いい？　とにかくセカンドランナーを、もう絶対にホームにかえさないようにしよう。送りバントならさせてもいいから。確実にツーアウトにする。いいね？」

4回を終わって、俺たちはまだ、2対6で負けていた。そして、5回の表、ワンアウト、ランナー一、二塁《にるい》と攻《せ》め込《こ》まれている。打席には、隅田中の4番バッター、倉橋《くらはし》が入っていた。

これ以上点を取られるのは本当にマズい。

「おう松下、気合い入れろ！　勝負どころだぜ！」

俺は、松下の背中をポンと叩《たた》いた。

「おう、任せろ」

松下が笑顔で答えた。でもそれは、作ったような不自然な笑顔だった。

俺は、どうもと審判《しんぱん》に声をかけ、キャッチャースボックスに戻《もど》った。そしてミットを構え、サインを出す。

低めのストレート。

松下の球威《きゅうい》は完全に落ちている。だから高めは危険だ。とにかく低めに投げてくれ。あれだけ練習してきた低めのストレートじゃないか……。

けれど、松下のストレートは高めに浮《う》いた。

キンという金属音とともに、ボールは一直線に外野に飛んでいった。完全に長打コースだ。

マズい。俺は立ち上がり、キャッチャーマスクを放り投げた。

「松下、ぼんやりするな！　カバーに入れ！」

俺は、マウンドに呆然《ぼうぜん》と突《つ》っ立っている松下に怒鳴《どな》った。

ランナーが二人かえってきた。これで2対8。しかも、打ったランナーがまだ二塁にいる。

「まだまだぁ！　松下、がんばれっ！」

俺は、半分ヤケになって叫《さけ》んだ。

どうした松下、情けない顔をするな！

泣きたくなった。松下のへこたれた顔なんて見たくなかった。

どうすればいい？　この試合、俺は、松下と心中するつもりでいた。けれど、これ以上あいつに醜態《しゅうたい》をさらさせていいのか？

もう終わらせてやったほうがいいのかもしれない。俺は、マウンドに立ちつくす松下を見ながら、そんなことを考え始めた。

「松下、がんばれっ！」

小山の怒鳴《どな》り声が聞こえた。

わかってるよ。ていうか、がんばってるって、さっきから。ただ力が入らねーんだよ。指先の感覚がなんかおかしくなっちまってるんだ。

「松下、セカンドにまだランナーがいるから！」

今度は谷口の声だ。

だからわかってるって、そんなの。

さっきから、俺《おれ》はずっとがんばってる。ただ指に力が入らないから、コントロールがうまくいかなくなっちまってるだけだ。

「しまっていくぞ！」

谷口が、外野に向かって叫《さけ》んだ。

おいおい、俺が外野まで飛ばされる前提か。ちくしょう。頭に来んな。まあ、確かに、ここまでちょっと打たれちまったけど、これからはもう絶対に打たせやしない。

うっしゃあ！

よし、これで三つめの三振《さんしん》だ。あと一人、三振にとって、この回は終わらせてやる。

俺は、腕《うで》がちぎれたって投げる。

あいつらとの約束は、絶対に守ってみせる。


〈谷口〉


「谷口、どうするよ？」

小山が僕《ぼく》の隣《となり》に来て、小さな声で言った。もちろん松下のことだとわかった。

5回の裏。僕たちは1点を返して反撃中《はんげきちゅう》だ。これで3対8。5点差なら、まだ試合はわからない。ただ残りのイニングを考えると、もうギリギリの点差だった。

「どうすればいいかな？」

なんてバカな質問だろう。僕はキャプテンだというのに、どうすればいいのかわからなくなってしまっていた。

「わからん。ただ、お前がどんな判断をしても、俺《おれ》は反対をするつもりはない」

小山は、まっすぐに僕の顔を見て言った。

不思議な感覚だった。はっきりしたことはなにも言っていないのに、小山の気持ちがスッと僕の中に入ってきた。

同じ気持ちだ。

青葉の監督《かんとく》や選手たちが、スタンドから僕たちの試合を観戦している。イガラシを使えば、決勝までにバッチリ研究されてしまうだろう。でも、そんなことを言っている場合じゃない。

それよりも、もうこれ以上、松下のつらそうな表情を、僕も小山も見たくはなかった。

交代させよう。

そう決断した。

打席の加藤《かとう》がアウトになり、ツーアウトになった。

「丸井、準備してくれ。次の回からセカンドに入るぞ」

丸井が、一瞬《いっしゅん》ポカンとした表情で僕を見た。でもその後、すぐに意味を察したようで、とても悲しそうな顔で松下を見た。

「イガラシ、お前が次の回から投げろ!」

「はい」

イガラシは冷静に返事をした。いつでも準備はできてます、そんな顔がとても頼《たの》もしく思えた。

「おい谷口！　どういうことだ！」

松下の怒鳴《どな》り声が聞こえた。もちろん覚悟《かくご》のうえだ。

「ピッチャーはこの回で交代する。松下はベンチに下がってくれ」

「ふざけんな、バカ！」

松下が立ち上がり、ものすごい勢いで僕に向かってきた。間に小山が割って入る。

「落ち着け、松下！」

「おかしいだろうよ、この試合は、俺が最後まで投げるんじゃないのかよ！」

「けど、お前はもう無理だ！　休め！」

「ふざけんな！　冗談《じょうだん》じゃねえ！」

打席の島田《しまだ》が三振《さんしん》した。スリーアウト。これでチェンジだ。

僕は、誰《だれ》よりも早くベンチを出た。審判《しんぱん》に選手の交代を告げなければならない。

「谷口、ふざけんな！」

背後から松下の声が聞こえた。

でも僕は振《ふ》り返らなかった。松下は交代させる。これがキャプテンとしての決断であり、最善であると僕は信じた。

〈**松下**〉

「谷口、ふざけんな！」

目の前が真っ赤だった。追いかけていって、谷口をぶっ飛ばしてやりたい。

「松下、落ち着けって！」

小山が、タックルするみたいに抱《だ》きついてきた。

「離《はな》せ！　バカ！」

小山だけじゃない。他の連中もワラワラと俺《おれ》にしがみついてきた。邪魔《じゃま》くさい。俺は暴れた。

谷口が戻《もど》ってきた。

「谷口、許さねえぞ！」

谷口は泣きそうな顔をしていた。いや、本当に泣いているみたいだった。

「松下さん、落ち着いてください！」

丸井の声だ。見ると、俺の腰《こし》に丸井が抱きついていた。丸井も泣いていた。

「邪魔すんな、どけ！」

なんとか、まとわりつく連中を振《ふ》り払《はら》おうとした。

あれ？

小山も泣いてる。なんで小山まで泣いてんだよ。

「もういいんだ、松下、休め！」

俺はグルリと周囲を見回す。

みんなが泣いていた。

遠藤《えんどう》も高木《たかぎ》も浅間《あさま》も加藤も島田も、そしてあの小林詩織《こばやししおり》までもが泣いていた。小林なんて、無愛想すぎて感情なんかないのかと思っていたのに……。

「松下くん、わたしは谷口くんの判断は正しいと思うよ」

杉田《すぎた》先生の声が聞こえた。俺は先生の顔を見た。

「君は、ここまでよくがんばったよ。後は仲間に任せたらどうだ」

なぜか先生は、一人だけニコニコとしていた。その顔を見ていると、なんだか俺の中から力がフッと抜《ぬ》けてしまった。

谷口の顔を見た。泣きながら、俺のことをじっと見ている。

わかったよ、谷口。

お前の気持ちは、ちゃんと伝わったよ。

「わかった！　わかったからどいてくれよ！」

俺は、そう怒鳴《どな》った。そして、その声に驚《おどろ》いてしまった。

まさか俺も泣いているのか？　俺の声はいつもと違《ちが》っていた。

俺は、思い切り深く帽子《ぼうし》をかぶり直した。そしてさりげなく涙をぬぐう。いくらなんでも、この俺が泣いているところを、他の連中に見せるわけにはいかない。

「もうわかったから、お前ら早く守備につけって！」

とにかくデカい声を出して、まわりにいた連中を追い払った。そしてベンチの隅《すみ》まで行くと、そこにドッカリと座り込《こ》んだ。

「イガラシ！　後は頼《たの》んだぞ！」

帽子を深くかぶっているので、誰《だれ》がどこにいるのかわからない。だから、適当な方向に向かって俺は声をかけた。

「ハイ!」

イガラシの声が聞こえてきた。こいつだけは泣いてないらしい。

ようやく静かになった。守備につく連中はグラウンドに散っていったようだし、ベンチに残る奴《やつ》らも、それぞれの自分の場所に落ち着いたようだ。

と、ベンチのすぐ先に、ユニフォーム姿の男の足元が見えた。帽子のつばで顔は見えない。

でも俺は、すぐに谷口だとわかった。

「谷口、お前も守備につけよ! 審判《しんぱん》に怒《おこ》られっぞ」

「うん……」

「俺なら大丈夫《だいじょうぶ》だから、元気出せって。いいか、必ず勝てよ!」

俺は、努めて明るく言った。

なんで俺がわざわざ、明るくふるまう演技をしなきゃならないんだよ、まったく。

「わかった!」

そんな声がして、谷口の足は、クルッと向きを変え、守備位置へと走っていった。

よし、これでようやく一息つける。

そうだ、終わったんだ……。

なぜだか、ほっとした気分だった。

「あの、湿布《しっぷ》とかあるから、持ってこようか？」

小林が声をかけてきた。意外とマネージャーらしいことをするんだなと思う。

「いや、いいよ。試合が終わったら病院に行くから」

ヤケになってふてくされてると思われたらイヤだから、俺は明るく優しい感じで言ってみた。

俺って意外と人に気を使うたちなんだなと、ちょっと自分で驚いてしまった。

「それより、小林も、ここにいて試合を観といたほうがいいよ。これからありえないような逆転が始まるから。観なきゃ絶対損するって」

どうやら声も元に戻《もど》ったようだ。絶対に涙《なみだ》が出ていないと自信があったから、俺は帽子をかぶり直した。

小林の笑顔が見えた。よく見るとかわいい顔をしてるなと思う。

そしてグラウンドに目をやる。ベンチの中が日陰《ひかげ》になっているせいか、やたらと外がまぶしく見えた。

サードの守備につく谷口が、すぐ目の前にいた。

がんばれよ、と心の中で声をかけた。

俺は、ベンチから顔を出してみた。今まで気がつかなかったけれど、今日は、とんでもなくいい天気だった。正真正銘《しょうしんしょうめい》、雲一つない青空ってやつだ。こんな気持ちのいいところで野球をしていたんだな。

俺は、意外と幸せだったのかもしれない。そんな風に思った。

〈**谷口**〉

イガラシのピッチングは完璧《かんぺき》だった。スピードも、コントロールも、変化球も、隅田中を翻《ほん》弄《ろう》するには十分だった。三者凡退《ぼんたい》。6回の表の攻撃《こうげき》を、僕《ぼく》たちは簡単に終わらせることができた。

さあ反撃《はんげき》だ。逆転勝ちするために、あと2回で、僕たちは6点を取らなくちゃならない。

攻撃の前に円陣《えんじん》を組んだ。

「いいか！　絶対に逆転するぞ！　絶対だ！　なにがなんでも塁《るい》に出ろ！　絶対にあきらめるんじゃないぞ！　松下を負け投手なんかにするな！」

腹の底から声を出した。

これが本当に僕なのか？

自分で自分が不思議だった。キャプテンになったころは、ロクに挨拶《あいさつ》もできなかったのに、今では、声もかれそうなほどの大声で、みんなに檄《げき》を飛ばしている。狙《ねら》い球がどうとか、１点ずつ着実にとか、そんな細かいアドバイスは出てこない。

でも、それでいいと思った。

「いいな、絶対に勝つぞ！　わかったか！」

「おう！」

みんなの気合いがヒシヒシと伝わってきた。

完全に気持ちが一つになった。

絶対にいける。

僕は、そう確信した。

すごい、すごい、すごい。

なんなの、これ?

みんなの気持ちが一つになると、こんなにもすごい力を発揮することができるんだ……。

わたしは震《ふる》えるような思いで、6回の裏の墨谷二中の反撃《はんげき》を見ていた。

打者一巡《いちじゅん》で4点を返した。あと2点で逆転だ。それはもう間違《まちが》いないことのように思える。

ペキッと小さな音が聞こえた。

見ると、隣《となり》でスケッチをしていた杉田先生の鉛筆《えんぴつ》の芯《しん》が折れてしまっていた。先生は、さっきから、ものすごい勢いでたくさんのスケッチを描《か》いていた。

「あれ、小林くん、見てた? 少し力が入りすぎちゃったよ」

先生は、そう言って恥《は》ずかしそうに笑った。

「ずいぶんたくさん描いてますね」

「うん。なるべくたくさん、みんなの姿を残しておきたいから」

そう言って先生は、新しい鉛筆を取り出した。

「野球部の顧問《こもん》になってよかった。正直いって、野球のことはよくわからないから、どうなることかと心配だったけど、でも、とてもいい経験をさせてもらっている」

先生は、ニコニコと笑っている。

わたしも同じだ。本当に野球部のマネージャーをやってよかった。たくさんのことを、ここで学ばせてもらった。

わたしが間違っていたんだと、今はわかる。

わたしは、自分のやりたいことをやればよかったんだ。

お母さんに認められたいとか、お姉ちゃんに負けたくないとか、そんな考えで青葉学院を受験し、わたしは落ちた。それで勝手にふてくされて、ねじ曲がってしまっていた。なんに対しても、一生懸命《いっしょうけんめい》になれなかった。そんな態度でいても、いいことなんてあるわけがない。そんな簡単なことに、わたしはずっと気づくことができなかった。

わたしも見つけよう。

みんなにとっての野球のように、うまくいったら手を叩《たた》いて喜び、ダメだったときには涙《なみだ》を流して悲しむ。そんななにかを見つけたい。心からそう思う。

それを教えてくれた谷口くんや、野球部のみんなに「ありがとう」と言いたい。そんな気持ちで、わたしはいっぱいだった。

キン！

谷口くんが打った。これで同点になった。

「いいぞ！」

わたしは、ベンチのみんなと一緒《いっしょ》になって、谷口くんに声援《せいえん》を送った。こんな風に大きな声を出したり、手を叩いたりしている自分が信じられなかった。

「さあ行け！」

もう自分じゃないみたいだ。わたしは、こんな大きな声が出せたんだなと思う。

あれ？

わたしは杉田先生を見た。

先生のスケッチブックには、大きく口を開けて声援を送るわたしの横顔が描かれていた。

〈**谷口**〉

「ありがとうございました！」

試合が終わって、僕《ぼく》たちはホームベースをはさんで隅田中と挨拶《あいさつ》を交わした。

試合は僕たちが逆転で勝った。７回裏。丸井のサヨナラヒットで勝利が決まった。

「丸井、ナイスバッティングだったぞ」

ベンチに戻《もど》りながら僕は丸井に声をかけた。

「ありがとうございます！　打ててホントによかったです」

松下がやってきた。

「丸井、次の試合もがんばれよ。お前はもうレギュラーなんだから」

「は、はい！」

少し戸惑《とまど》ったように丸井が答えた。

「なにビックリしてんだ？　決勝はイガラシが投げるんだから、お前がセカンドで先発に決まってんだろ。な、そうだよな谷口？」

松下は、そう言って僕を見た。なんのわだかまりもない、晴れやかな顔を松下はしていた。

「うん、そういうこと。丸井、決勝戦は全力でいこう」

「はい、がんばります！」

丸井は大きな声でそう言うと、飛び跳《は》ねるようにベンチに走っていった。

松下の顔を見る。笑顔だった。もう、言葉を交わす必要もないように思えた。松下も同じように感じていたのかもしれない。なにも言わずに、ポンと僕の肩《かた》を叩《たた》くと、ベンチへと戻っていった。

僕もゆっくりとベンチへと向かう。

「谷口くん、どうもありがとう」

ベンチに戻ると、小林さんが僕の横に立ち、小さな声でそう声をかけてきた。

へ?

意味がわからなかった。

とっさのことで、僕が対応できないでいると、小林さんはそのままベンチを出ていってしまった。でも、その顔が、なんだかとても楽しそうに見えた。

よくわからない。どうしてお礼を言われたんだろう?

まあいい。今は野球に集中しよう。

僕は足を速めた。球場の外では、野球部のみんなが待っているはずだ。そこで簡単なミーティングをやることになっている。

決勝の相手は、やはり青葉学院に決まった。青葉は、今日の第二試合で金《きん》成《せい》中に圧勝した。

いよいよ決勝戦だ。

本当の意味での、最後の戦いが始まるんだなと、僕は気を引き締《し》めた。

9th

イニング

なんかすごいことになっているな。

僕《ぼく》はグラウンドに立ち、スタンドを見上げた。いつもはガラガラの応援《おうえん》スタンドも、今日ばかりはたくさんのお客さんが入っている。墨谷《すみや》野球部が地区大会の決勝戦に進むのは初めてのことだ。そのうえ、その相手が、全国でも有名な「青葉学院《あおばがくいん》」とくれば、確かに少しは話題になるのかもしれない。

「谷口《たにぐち》!」

声のしたほうを見ると、今井《いまい》さんがいた。今井さんだけじゃない、たくさんの野球部の先輩《せんぱい》たちが、来てくれていた。

「今井キャプテン! 来てくれたんですか」

「ああ。谷口、よくがんばったな」

「ありがとうございます。がんばります!」

僕はそう答え、みんなを呼び寄せた。僕たちはフェンス越《ご》しに、たくさんの激励《げきれい》を先輩たちからもらった。

「キャプテンの谷口さんですよね？　お話を聞かせてくれませんか？」

たぶん墨谷二中の生徒だろうけど、見たことのない女子が、フェンス越しに声をかけてきた。

「えっ、話って？」

「あたし、墨谷二中新聞部の小野寺舞《おのでらまい》っていいます。校内新聞に、野球部の記事を書こうと思いまして。青葉学院との決勝戦を前に、抱負《ほうふ》を聞かせてください」

「抱負っていわれても……。とにかくがんばります」

「なるほど。なにか具体的な作戦とか戦略はありますか？」

「いや、とにかく必死にくらいついて……その……がんばるだけです」

「なるほど、がんばるですか……」

小野寺さんが、なんだか物足りなそうな顔をしている。けれど、いきなり抱負とか聞かれても、気の利《き》いたことを僕が言えるわけがない。

「おい小野寺、お前、試合前になにやってんだよ！」

丸井がやってきた。そして小野寺さんをにらみつける。

「取材なら球場に入る前にしろよ。スタンドからなんて失礼だぞ。それに俺《おれ》たちは、もうすぐ練習が始まるんだ！」

「そんなことといったって、こっちだって野球部の取材なんて初めてなんだからしょうがないじゃない。だいたいねえ、丸井《まるい》くんがもっと早く、野球部が勝ち進んでることを教えてくれたらよかったんだよ」

丸井が僕のほうを向いた。

「こいつ、俺と同じクラスで、新聞部の小野寺っていうんですよ。俺たちが決勝に残ってんのに、取材にも来ないっておかしいだろって、昨日連絡《れんらく》したんですよ」

「知らなきゃ取材には来られません。だから、もっと早く教えてくれればよかったんです！」

小野寺さんはちょっとすねたようだ。けれど僕の顔を見て、

「でも、野球部が決勝に残ったっていうニュースは、メチャメチャ拡散しましたから、たくさんの人が応援に来てると思いません？」

と、なんだか自慢《じまん》げに言った。

僕はスタンドを見上げる。なるほど、だからこんなに人がたくさん来ていたのか。

「まったく、なんで俺のせいなんだよ？　そもそも新聞部のくせに、情報を持ってないのがおかしいんだろう」

「しつこいなあ、もう！　それより、あんた、試合に出るの？」

「出るよ。スコアボード見ろよ。一番、丸井って書いてあるだろ！」

「みんなの足、引っ張んないようにしなさいよ」

「な、なんだと！」

丸井と小野寺さんが、また言い合いを始めた。でも、ケンカというよりは、むしろじゃれ合っているような感じだったので、僕は放っておくことにした。もう一度、観客席を見上げる。

父さんと母さんの姿が、スタンドの上のほうにあった。

僕に気づいた二人が手を振《ふ》っている。少し恥《は》ずかしかったけど、僕も小さく手を振り返した。

ここまでこられたのは、父さんと母さんのおかげだと、心から思う。

「谷口、そろそろ練習だぞ」

ユニフォーム姿の松下が声をかけてきた。

松下は、昨日医者に行き、半年間のノースローを厳命されたらしい。しばらくの間は、打撃《だげき》も禁止。だから今日の試合に、代打であっても出場することはない。それでも、僕たちの精神的な支えとして、松下はベンチの中から一緒《いっしょ》に戦ってくれるはずだ。

両チームの練習が終わり、いよいよ試合が始まる。

ホームベースをはさんで、僕たちは青葉学院と向かい合った。やはり、なんともいえない迫《はく》力《りょく》がある。試合前にメンバー表を交換《こうかん》したので、青葉が、最初からレギュラーメンバーを先発させていることを、僕たちは知っていた。キャプテンの藤田《ふじた》、4番バッターの赤枝《あかえだ》、強肩《きょうけん》のキャッチャー中野《なかの》、快速のトップバッター中村《なかむら》、そして、絶対的エースである佐野《さの》。全国でも有名なメンバーが、僕たちの前にズラリと並んでいた。

青葉の気合いをヒシヒシと感じる。春の大会で、途中《とちゅう》までとはいえ接戦になったのが、よほど悔《くや》しかったのだろう。

「よろしくお願いします!」

挨拶《あいさつ》して、僕たちは守備についた。試合は、墨谷二中が後攻《こうこう》、三塁側《さんるいがわ》のベンチに陣取《じんど》ることになった。

「プレイボール!」

審判《しんぱん》が、そう宣言して試合が始まった。

先発のイガラシが初球を投げ込《こ》む。

ストライク。

まずまずの速球だった。

「ナイスピッチ！」

じっとしていると、どうしても緊張《きんちょう》してしまう。僕は大声を出し、なんとか体を解きほぐそうとした。

2球目を先頭打者の中村が打った。打球は三遊間に飛ぶ。

といっても十分にショートの高木《たかぎ》の守備範囲《しゅびはんい》だ。ところが、ポロリとこぼしてしまった。普《ふ》段《だん》の高木なら、なんなく捕《と》れるはずの球だ。やはり相当に緊張しているらしい。

「悪い」

「ドンマイ、ドンマイ！　落ち着いていこう！」

試合開始直後は誰《だれ》だって緊張する。ましてや青葉学院との決勝戦ならなおさらだ。なんとか一つアウトを取って、みんなを落ち着かせたい。

2番バッターの藤田が、送りバントの体勢になった。予想通りだ。ファーストの加藤《かとう》と僕が、グイッとホームベースに向かってダッシュしていく。

ところが、藤田は押《お》し出すように強くバントしてきた。プッシュバントだ。

ボールは、加藤の脇《わき》をすり抜《ぬ》け、セカンドのあたりに転がっていく。しかし、セカンドの丸井はファーストベースのカバーに向かっていた。

慌《あわ》てて丸井がボールを捕りに戻《もど》る。けれどボールに追いついたとき、藤田はもう悠々《ゆうゆう》とベースを駆《か》け抜けていた。ノーアウト一塁、二塁にされてしまった。

まずい。浮《う》き足立っている。僕は、マウンドのイガラシのところへと向かった。内野のみんなが集まってくる。

「みんな落ち着いて。深呼吸しよう。そうすれば落ち着くから」

僕は、みんなを見回して言った。高木も、丸井も、深呼吸を始める。

「よし。１点ぐらい取られてもかまわないから、とにかく確実にアウトを取っていこう」

イガラシが、少し不安そうな顔をして僕を見た。

「先取点取られても、大丈夫《だいじょうぶ》ですかね？」

「かまわない。点なら取り返すから。バックを信頼《しんらい》してどんどん投げてくれ！」

きっぱりと言い切った。曖昧《あいまい》な態度ではダメ。ここはキャプテンとしてきちんと指示を出しておくべきだと、僕は思った。

〈丸井〉

「丸井、声を出せ！」

谷口さんの声が聞こえた。

「よっしゃあ！　しまっていこう！」

言われた通りに声を出し、俺《おれ》は深呼吸をした。

あっという間にノーアウト一、二塁《るい》にされてしまった。

青葉の野球は、これまでの学校とは全然違《ちが》う。こんな細かな技術まで、きっちり練習しているのかと、俺は感心してしまった。

3番バッターの後藤《ごとう》が打席に入る。さあどんな作戦でくるのか。

強打だ！　こっちに来た！

俺はグローブを差し出すと、ゴロをがっちりと捕《と》った。クルリと体勢を変えサードへと投げる。うまくいけばダブルプレーが取れるはずだ。

が、ボールがとんでもないところへ飛んでいった。

大暴投。

ボールは、墨谷ベンチの前まで転がっていく。ランナーは一気にホームへと走る。先制点を取られた。俺のミスで、簡単に1点を取られてしまった。

「もー、なにやってんですか、丸井さん！」

イガラシの怒《おこ》った声が聞こえた。それはまるで、どこか遠いところからの声みたいだった。


〈イガラシ〉


「イガラシ、落ち着いていこう！　バックを信頼《しんらい》して！」

谷口さんの声がサードから聞こえてくる。

わかってる。俺《おれ》は、ちゃんと落ち着いている。ただバックを信頼することができない……。

ヒットを打たれていないのに、1点を取られてしまった。青葉の野球がそつがないというよりは、完全にウチのミスだ。みんな浮《う》き足立ってしまっている。

青葉の4番、赤枝が左打席に立った。ずいぶん体が大きいな。まるで高校生だ。青葉で4番を打つということは、全国でも有数の強打者ということだ。気合いを入れないとマズい。

ガキン！

初球をあっさり打たれた。しかも長打コースだ。

走者一掃《いっそう》の二塁打《にるいだ》。0対3になってしまった。

マズった。リキみすぎた。今のは完全に俺のミスだ。

5番バッターが左打席に入った。

また左だ。そういえば3番バッターも左だった。意図的に揃《そろ》えたのかもしれないな。さすがは青葉学院、層が厚い。投げにくくってしょうがない。

でも、今度こそ打ち取ってやる。

俺は、小山《こやま》さんのサインをのぞき込《こ》んだ。


〈川原〉


「監督《かんとく》、どうやら一気に押《お》し切れそうですね」

隣《となり》に並んで立つ、コーチの栗原《くりはら》が声をかけてきた。

「まだ、わからん。気を緩《ゆる》めるな。私たちが気を緩めてどうする」

そう栗原を叱《しか》った。

試合中、私は決して椅子《いす》に座ることはしない。試合が大差になっても、選手たちに緊張感《きんちょうかん》を維持《いじ》させるためだ。

「地区大会だからといって気を緩めるな！　最後まで青葉の野球を貫《つらぬ》け！」

栗原にではなく、ベンチの部員たちに向かって言った。

「ハイ！」

声を揃《そろ》えた返事が返ってくる。

よし、と私はうなずく。青葉学院の野球は、常に全国を見据《みす》えている。だからこそ、どれほど力の差がある相手であっても、慢心《まんしん》してはダメだ。

5番の森《もり》が打った。

いい当たりだが、センター真正面の当たりになってしまった。

ところが、それをセンターがエラーした。

「よっしゃあ！」「行け！」「走れ！」

部員たちがベンチから大声をあげる。セカンドランナーの赤枝がホームインしてきた。これで4対0。打った森はセカンドまで達している。

「なにやってんだよ、ふざけんな！」

墨谷のピッチャーの怒鳴《どな》り声が聞こえた。相当カッカしているようだ。

いいピッチャーなのに惜《お》しいなと思う。彼《かれ》は、まだ1年生らしい。ウチに来ていれば、間違《まちが》いなくベンチに入れる素質を持っているというのに。

昨日の準決勝で、このイガラシというピッチャーを見ておいてよかった。なんの情報もなければ、少しは手こずっていたかもしれない。

サイドスロー気味の右投げで、なかなかくせのある変化球を、イガラシくんは持っている。だから私は、先発メンバーの3・4・5番に左バッターを揃えた。右投げの投手には、左打ちのバッターのほうが、ボールがよく見えて有利だからだ。

イガラシくんの球が荒《あ》れている。無理もない。エラー続きで、いまだにノーアウト。カッカするなというほうが無理だ。

だが、そこが狙《ねら》い目だ。相手に同情などしない。青葉の野球は非情なのだ。

6番の中野が打った。

大きい。これはホームランだろう。入った。これで6対0だ。

「よっしゃ、もらった!」

部員たちが大喜びしている。

私は監督《かんとく》だから、軽々しく浮《う》かれたりはしない。だが、どうやらこの試合もいけそうだと、心の中でチラリと思った。

〈イガラシ〉


俺《おれ》は、思い切りグローブを叩《たた》きつけた。

これで0対6。やってられない。しかも、いまだにワンアウトも取れていない。

「イガラシ、落ち着け！　短気を起こすな！」

谷口さんがマウンドにやってきた。

キャッチャーの小山さんをはじめ、他の人たちも集まってきた。

返事をしたくなかった。

試合にならない。このままじゃ手も足も出ないままコールド負けだ。

「イガラシ、くさったらダメだ！　お前がくさったら、どうなると思ってるんだ！」

谷口さんが大きな声を出した。そして俺が叩きつけたグローブを拾った。

「落ち着け。グローブに責任はないんだ」

そう言って、俺にグローブを渡《わた》した。

「グローブだけじゃない。誰《だれ》にも責任なんてない。みんな一生懸命《いっしょうけんめい》やってるんだから」

「でも……」

「野球は一人じゃできないんだ！　イガラシ一人がどんなにがんばったって、青葉に勝てるわけがないだろ。みんなの力を信じろ。墨谷の野球はチームワークの野球なんだ！」

墨谷の野球はチームワークの野球か……。

確かにそうだ。

俺一人で野球ができるわけがない。それに二塁打《にるいだ》やホームランは、俺の失投だった。俺だってミスをしている。人のエラーを責める資格なんか、俺にはない。

「……すいません」

「いいよ。とにかく落ち着いていこう。みんなも深呼吸して」

深呼吸をした。ふと見ると、丸井さんが、大げさなくらい息を深く吸い、そして吐《は》いていた。

クスリと笑ってしまった。

「なに笑ってんだよ」

丸井さんが言った。

「すいません」

「まあいい。許してやるよ。だからしまっていこうぜ」

笑顔で丸井さんは言った。けど、すぐにまじめな顔になって、

「さっきの暴投は悪かったな。勘弁《かんべん》してくれ」

と頭を下げた。

口調は軽いけど、本当にすまなそうな顔をしている。

「いいですよ。これからしまっていきましょう」

墨谷の野球はチームワーク。本当にそうだ。俺は、丸井さんに笑顔を見せた。

「よし、ランナーもいなくなったし、バッターに集中していくぞ!」

谷口さんが大きな声を出した。

「おう!」

そうみんなが応えて、それぞれのポジションに戻《もど》っていく。

さあ、行こう。

次は7番バッター。気を引き締《し》めていこう。普通《ふつう》なら下位打線だけど、他の学校だったら、

間違《まちが》いなく4番を務められるレベルのバッターだ。

気持ちを込《こ》め、俺は第1球を投げた。

しまった。また打たれた！　三塁線へのライナー。長打コースだ。

と、それを谷口さんがダイレクトで捕《と》った。

横っ飛びに、捕れるはずのないような打球を、谷口さんは捕った。

「ナイスキャッチ！」

俺は大声で叫んだ。

俺だけじゃない。みんなが、谷口さんに向かって同じ言葉を叫んだ。

さすがは谷口さん。チームの雰囲気《ふんいき》がいっぺんに明るくなった。

さあ行くぞ。気持ちが盛り上がってきた。

6点も取られて、ようやくワンアウト。でも、まだ、あきらめちゃダメだ。というより、あきらめるわけがない。

青葉学院なんかに行かなくても野球はできる。全国にだって行ける。それを証明するためにも、俺は絶対に負けるわけにはいかないんだ。

「いいぞ佐野。その調子で軽くひねってやろう」

簡単な投球練習の後、キャッチャーの中野さんが、二、三歩マウンドに近づいてきて言った。けれど、ボクは、中野さんの話を聞きたくないからクルリと背中を向けた。そんな当たり前なこと、言われなくてもわかっている。墨谷なんかに1点も取らせやしない。

2回の裏の墨谷の攻撃《こうげき》。

4番の谷口からこの回は始まる。

1回の墨谷の攻撃は、三者凡退《ぼんたい》で終わらせてやった。でも、全部三振《さんしん》というわけにいかなかったのが癪《しゃく》にさわる。3番のイガラシって奴《やつ》に、結構《けっこう》いい当たりのサードゴロを打たれた。もちろんウチの守備は完璧《かんぺき》だから、簡単にアウトにしたけれど、ボクは納得がいかなかった。こんな連中が、ボクの球に当ててくるだけで不愉快《ふゆかい》になってくる。

しかも、スコアは相変わらず6対0のまま。2回のボクたちの攻撃は無得点に終わった。

無得点！

そんなバカなことがあるのか？　地区大会でのボクらの目標は、いつだってコールド勝ちだったはずだ。

打席に立つ谷口の顔を見る。

春の大会でボクからヒットを打った奴だ。まあ、あのときは、急な登板で全力投球ができなかったからかまわないんだけど……。

でも、ボクからヒットを打つ実力があるなんて、変な勘違《かんちが》いをされたら困る。こいつだけは、絶対に三振に仕留めなきゃ納得できない。

外角低めのカーブ。

完璧。

どう、手も足も出ないでしょ？

2球目は、内角にストレート。

あれ、当てたよ。おかしいな？

中野さんが外角にボール球のサインを出している。首を振《ふ》って断る。こんな奴に駆《か》け引きとか必要ない。3球三振じゃなきゃボクのプライドが許さない。

あっ、打たれた！

しかもいい当たりだ。どうなってるんだ？

センター前のヒットになった。

なんでこんな奴にボクが打たれるんだ！　中野さんがこっちにやってくる。ヒット一本打たれただけで、いちいちマウンドに来なくたっていいのに。


〈小山〉


佐野がバッターボックスに入った。

「よう」

俺《おれ》は、わざわざキャッチャーマスクを外して、佐野に声をかけた。

佐野は、チラリと俺の顔を見るが、返事をしない。

「俺のこと覚えてる？　夏休みにコンビニのとこで会ったろ？」

ああ、あんたか。そんな顔を佐野がした。でも、なにも言おうとしない。あんまり無視されるので、俺は少し意地になった。

「俺は、小山ってんだ。あんときは世話になったな。どうよ、ウチのチームは？」

「眼中ないスね」

お、反応があった。ちょっとおもしろくなってきた。

「しまっていこう！」

俺は、大きな声で言うと、ミットを構えた。イガラシが、第1球を投げる。低めのカーブ。

佐野は手を出しかけて、止めた。でもストライクだった。

「ウチの1年、いいピッチャーだろ？　お前より上だと俺は思うぞ」

「あんた、さっき三振《さんしん》したくせに、なに言ってんだ」

そう、俺は、前の回に三振してしまった。せっかくノーアウトで谷口が出塁《しゅつるい》したというのに。

俺だけじゃない。後のバッターも凡退《ぼんたい》して、スコアは相変わらず0対6のままだ。

こいつ、かなりの短気だぞ。俺はそう思った。プライドも相当に高そうだ。少しあおってみるとするか。

第2球はインコースの高め。佐野は当ててきたが、ファールとなった。

「へえー、今の当てられるんだ」

あんまり大きな声で言うと、審判《しんぱん》に注意される。だから、俺はイガラシに返球しながら、佐野にだけ聞こえるような声で言った。

佐野は、なにも言わずに俺の顔を見ているみたいだ。相当カッカしていたら、ツーストライクを取ったら、一球ボール球で様子を見る。その、当たり前のセオリーを逆用するつもりだった。実際のサインは、外角低めの直球でストライク。狙《ねら》いは3球三振だ。

意表を突《つ》かれたのか、佐野は、慌《あわ》ててバットを出してきたけど、完全に振《ふ》り遅《おく》れだった。

3球三振。

よし、やった。予定通りだ。

佐野がすごい顔で俺のことをにらんでくる。

さっきの回はなんとか0点に抑《おさ》えることができた。そして、この回は、ピッチャーからとはいえ、初めての三振を奪《うば》うことができた。

いける、いけるぞ。俺たちだってやれる。この日に備えて、イヤってほど俺たちは練習をしてきたんだ。あきらめるのはまだまだ早い。

「ナイスピッチング！　いいぞイガラシ！」

もっと佐野がカッカするといい。俺は、佐野に聞こえるように、腹の底から大声を出した。

〈丸井〉

よっしゃあ、行くか！　自分に気合いを入れて、俺《おれ》はバッターボックスへと向かった。

「丸井、打てるから。自信を持って！」

ベンチから、谷口さんの声が聞こえてくる。

この回に入る前に、俺たちは円陣《えんじん》を組んだ。

「僕《ぼく》たちは、3メートルも近くから投げてくるイガラシの球を打ってきたんだ。それを考えたら、佐野の球なんて速くないはずだ！」

そう谷口さんが言っていた。

本当にそうだ。あれに比べたら、佐野の球なんてたいしたことない。決勝戦ということで、俺たちは舞《ま》い上がりすぎていただけなんだ。

初球。外角のストレート。

よし、見える。

佐野の球はそこまで速くない。打てそうな気がしてきた。

「行くぞォ！」

俺は、大声を出した。

あれ？

佐野が、なんかこっちをにらんでる。ひょっとして俺の声にイラついたのか？

ちょっとおもしろくなった。

「よっしゃあ、行くぞォ！」

一球ごとに俺は気合いを入れた。その度《たび》に、佐野がちょっとイラついた顔をする。よし、いいぞ。カッカとして、いい結果が出るわけがない。どんどん怒《おこ》らせてやろうと思った。

来た！　絶好球だ！

思い切りバットを振った。

いい手応えだ。どんなすごいピッチャーの球でも、バットの芯《しん》で捉《とら》えたときの感触《かんしょく》は、軽くて、とても気持ちがいい。

全力で走った。走りながら、ボールの行方を追う。

ウソだろ？

俺は、足を止めた。全力で走る必要がなくなってしまった。

ホームランだ。俺の打った球は、スタンドへと飛び込《こ》んでいった。

マジで？

この俺がホームランとか打つか？　思わず三塁側《さんるいがわ》のベンチを見る。みんなが大喜びしているのが見えた。

「君、走りなさい」

ポカンと突《つ》っ立っている俺に、セカンドの塁審《るいしん》が声をかけてきた。なんだか苦笑《にがわら》いしているみたいだった。

「すいません！」

俺は、慌《あわ》てて走り出した。最高の気分だった。

ホームラン！

俺がホームランを打った！

サードベースを回るとこで、ベンチのみんなが大騒《おおさわ》ぎしているのが見えた。急ぐ必要なんてないけれど、俺は全力で走った。早くみんなのところに戻《もど》りたかった。ホームベースを踏《ふ》み、ベンチへと向かう。ベンチの前で、みんなが待っている。俺はさらにスピードを上げ、ほとんど全速力で、みんなの輪の中に飛び込んでいった。

やっぱり丸井くんはムードメーカーだ。チームの雰囲気《ふんいき》がいっぺんに明るくなった。

「痛いですって！」

みんなにバチバチと頭や背中を叩《たた》かれて、嬉《うれ》しそうに丸井くんが悲鳴をあげている。もちろん隣《となり》の杉田先生は、そんなみんなの様子を、ものすごい速さでスケッチしている。

「小林くんも、丸井くんを叩いてきたらどう？」

先生が楽しそうに言った。

せっかくだからそうさせてもらおう。わたしも、どさくさに紛《まぎ》れて丸井くんの背中を叩いてみた。こんなにはしゃげる自分が、なんだか不思議に思えてくる。

「よっしゃ、どんどん行くぞ！　高木、行け！」

松下《まつした》くんが大声で打席の高木くんに声をかけた。いや、松下くんだけじゃない。みんなが声を出し、高木くんを応援《おうえん》している。

準決勝のときと同じだ。

みんなの気持ちが一つになっている。

キン。

気持ちいい音とともに高木くんが走る。ライト前ヒットだ。

「よっしゃあ！」「行け！」

みんなの盛り上がりがすごい。

まだ4回。点差は5点もあるけれど、追いつけそうな予感が、わたしにはあった。


〈谷口〉


「行け、谷口！」

そんな声援《せいえん》がベンチから聞こえる。僕《ぼく》はバッターボックスに立ち、バットを構えた。

高木に続いてイガラシもヒットで出塁《しゅつるい》した。ノーアウト一塁、二塁。絶好のチャンスだ。

マウンドの佐野を見る。小山や丸井が言う通り、相当にカッカとしているようだ。いくら決勝戦とはいえ、地区大会でホームランを打たれたり、連打をされるなんて、佐野には初めての経験なのだろう。

きわどい球をコツコツとファールにして粘《ねば》った。佐野がイライラしているのが、僕にもわかった。何球でも粘ってやる。根比べなら、僕は負けない。

よし、来た！

思い切りバットを振《ふ》った。

打球は左中間に飛んでいった。

長打コース。これで得点は確実だ。

高木がホームインした。これで2点。

と、高木に続いて、イガラシがホームに突《つ》っ込《こ》んでいくのが見えた。

えっ、大丈夫《だいじょうぶ》なのか？

危ないタイミングだ。イガラシが頭から飛び込んでいく。

主審《しゅしん》の両手が、左右に大きく広がった。セーフだ！

きわどかったけど、絶妙《ぜつみょう》なスライディングだった。やっぱりイガラシは、なにをやらしてもうまい。

「ナイスバッティング！」

ベンチから松下の大声が聞こえた。僕はベンチに向かってガッツポーズをした。

いける、いけるぞ。これで3点。あと4点取れば逆転できる。

〈**イガラシ**〉

ふー、しんど。

俺《おれ》は、マウンド上で大きく深呼吸をした。

「イガラシ、どんどん打たせていこう！」

サードから谷口さんの声が聞こえる。

前の回、谷口さんに続いて小山さんもヒットを放った。谷口さんがホームにかえって4対6。あと2点取れば同点。3点で逆転というところまでこぎつけたところだった。

「よっしゃあ、打たせていけよ！」

今度は丸井さんの声だ。

フッ、とため息をついた。そういうわけにはいかないんですよ、丸井さん。

心の中で、そう答えた。

俺は、最初からずっと全力で投げてきた。青葉学院は打たせてとるような相手じゃない。そんな感覚で投げていたら、とっくにコールド負けしていただろう。

それにしても、さっきの全力疾走《ぜんりょくしっそう》はしんどかった。俺は、1点がほしくて、無茶を承知でホームに飛び込《こ》んでいった。

しかもあのタッチだ。

さっきのクロスプレーを思い出す。

偶然《ぐうぜん》か故意かわからないけれど、タッチされたときに、脇腹《わき》のあたりをひざで蹴《け》られた。その瞬間《しゅんかん》は、相当に息が詰《つ》まった。そして今も、はっきりいって痛い。投げる途中《とちゅう》でズキンとくるから、なかなか集中して投げることができない。

くそっ！　負けるもんか。俺は、力を振《ふ》り絞《しぼ》ってボールを投げた。

よし、サードゴロだ。

谷口さんが捕《と》ってファーストに送った。アウト。

「後には僕がいるから、安心して投げて」

谷口さんは、守備機会があるたびに、俺のところまでさりげなく来て声をかけてくれる。ありがたいなと思う。

後には僕がいる——か。

確かに、谷口さんがピッチャーをできるというのは心強い。力をセーブすることなく、全力で投げ込んでいける。

行け！　負けるな！

一球投げるごとに、俺は心の中で叫《さけ》んだ。

よし、空振《からぶ》りだ！

行けるぞ。このまま、ぶっ倒《たお》れるまで、俺は投げ続けてやる。


〈川原〉


「お前たちの目標はなんだ！　全国制覇《ぜんこくせいは》だろ！」

私は、ベンチの中で大声をあげた。こんなことは、全国大会でもめったにないことだった。

「それをなんだ、地区大会なんぞでオロオロしおって！　青葉の伝統を汚《けが》すな！」

「ハイ！」

こんな喝《かつ》に効果があるのかどうかわからない。それでも選手たちの顔に、気迫《きはく》が戻《もど》ってきた。

4回を終わって、わずか2点のリード。

こんなところでウチが負けるわけにはいかない。

墨谷二中。

それにしても不思議なチームだ。春の大会で苦戦したから、警戒《けいかい》はしていたが、まさか一軍メンバーを先発させたウチを相手に、ここまでやるとは思っていなかった。初回でかなりの点差をつけたはずなのに、まったくあきらめる気配がなかった。どうも、その原動力は、キャプテンの彼《かれ》にあるような……。

「監督《かんとく》、やはり向こうのキャプテンの谷口というのは、ウチにいた選手のようですね」

コーチの栗原《くりはら》が言った。

選手たちの会話から、墨谷のキャプテンが青葉野球部にいた選手だと聞いたので、栗原に確認するようさっき頼《たの》んでおいたのだ。

「そうか。どうもよく覚えておらんのだが、どんな選手だった?」

栗原は、すまなそうに目を落とした。

「僕《ぼく》も、よく覚えていないんです。一軍選《せん》抜《ばつ》のリストにすら、あがったことがない選手だったもので……」

青葉学院野球部は、3学年合わせて百人以上いる。だから全員の名前を覚えることはできないが、めぼしい選手の顔と名前なら、私は頭に入れているつもりだった。

つまりは見逃《みのが》していたということか。

谷口くんを。

これだけの選手を。

私はベンチを出て、スタンドを見上げる。

ベンチに入れなかった八十人以上の部員たちが、チームの応援《おうえん》をしている。3年生の部員もかなりの人数が、この中にいるはずだ。今までロクに考えもしなかったが、彼らは、私のことをどう思っているのだろう。公式戦に出場するどころか、ベンチにすら入れないまま卒業していくのは、どんな気持ちなのだろう。

彼らの中には、あの谷口くんのような者がいるのかもしれない。

私が才能を見逃した、あの谷口くんのような者が……。

指導の在り方を考え直したほうがいいのかもしれない。私は少し、そんな風に思った。

〈谷口〉


青葉の監督《かんとく》が、自分たちのスタンドを見上げている。

どうしたんだろう。僕《ぼく》も一緒《いっしょ》になってサードのポジションから一塁側《いちるいがわ》のスタンドを見る。

青葉側のスタンドには、吉田《よしだ》の姿が見えた。吉田がベンチ入りできなかったことは、彼《かれ》からあらかじめメールをもらっていたから、僕は知っていた。残念だったなと心から思う。

「大っぴらには言えないけど、墨谷と谷口を応援《おうえん》しているよ。野球は中学でやめて、高校からは、なにか別のことを始めるつもりだ」と、吉田からのメールには書いてあった。

「野球をやめないでがんばれ」と返信することは、僕にはできなかった。高校に入って、時間が取れたら、どこかで会おうと返信するのが精一杯《せいいっぱい》だった。

「よーし、イガラシ、打たせていこう!」

僕は、吉田への想いを振《ふ》り切るように大声を出した。さあ試合に集中しよう。

5回の表。4対6。

本当に僕たちは、よくがんばっている。初回の6点以降、1点も取られていないのはできすぎだ。毎回のようにランナーを出しているけど、なんとか僕たちはしのいでいる。

今もランナーがファーストにいる。ワンアウト、一塁。絶対に追加点を与《あた》えてはダメだ。

相手バッターが打った。

ボールは、左中間のフェンスに向かって一直線に飛んでいる。

ランナーが一気にホームを狙《ねら》ってくるかもしれない。

フェンスに当たったボールを浅間《あさま》がつかみ、それを中継《ちゅうけい》の高木に返す。

「高木、バックホーム！」

ランナーはサードベースを回った。

ボールが小山に返ってきた。クロスプレーだ。タッチ。

アウト！

「小山、こっちだ！」

打ったランナーが、サードに走ってくる。が、小山が起き上がらない。スリーベースになった。

「タイム！」

僕は審判《しんぱん》に声をかけ、小山のところへと向かった。みんなも集まってくる。

「大丈夫《だいじょうぶ》？」

小山が体を起こした。痛そうに顔をゆがめている。

「大丈夫だ。あの野郎《やろう》、体当たりしてきやがった」

「どこか痛めた？」

「大丈夫だよ、ここまできたらもう関係ねえって。でも、あいつら、ラフなプレーするくらい焦《あせ》ってきてるぞ」

「わかってます。俺《おれ》も、さっきホームに突《つ》っ込《こ》んだときに、蹴《け》り入れられましたから」

イガラシが言った。

気がつかなかった。僕は驚《おどろ》いてイガラシを見る。

「ホントに？　大丈夫？」

「大丈夫です。かえって気合いが入りましたよ」

そう言ってイガラシが笑った。

守備位置に戻《もど》った。イガラシの投球に注意を払《はら》う。確かに、どこか痛めているのかもしれない。今までは、単に疲《つか》れが出たんだろうと、僕は思っていた。しかし、もしどこかを痛めているのだったら緊急事態《きんきゅうじたい》だ。

打たれた！

大きい。完全にホームラン性の当たりだ。

しかしファールになった。命拾いしたとほっとする。

イガラシは大丈夫だろうか。そろそろ、交代のタイミングかもしれない。僕がマウンドにあがるべきときが、いよいよ近づいている。

ガギン！　鈍《にぶ》い打球音がした。

今度はファールフライだ。

「サード！」

イガラシの声が聞こえた。ボールを追いかける。

捕《と》る、絶対に捕る！　アウトを取って、イガラシを楽《らく》にしてやりたい。

あと少し！　グイッとグローブを伸《の》ばした。

捕った！　と思った瞬間《しゅんかん》、なにかにぶつかり、僕はどこかに転がり落ちた。なんだかわからないけど、ダイレクトにちゃんとボールは捕った。僕は、ボールの入ったグローブを高々とかかげた。

「アウト！」

審判の声が聞こえた。

ベンチの中だった。僕は、ファールフライを追ってベンチに飛び込んでしまっていた。

「大丈夫か？」

松下の声が聞こえた。

「大丈夫」

僕は笑って答えた。痛いなんて言えるわけがない。イガラシや小山も、体を痛めている。これくらいで弱音を吐《は》いたらダメだ。

「よーし、チェンジだ。逆転するぞ！」

僕は、何事もなかったように立ち上がった。

〈**イガラシ**〉

「イガラシ、気合い入れろ！」

「打たせていけ！」

「ファイト！」

みんなが、いろいろ声をかけてくる。

6回の表、青葉の攻撃《こうげき》が始まった。得点は4対6のまま。いよいよ終盤戦《しゅうばんせん》だ。

ちくしょう、青葉の連中がしつこくファールを狙《ねら》ってくる。前の回ぐらいから、俺が疲《つか》れてるのを知って、球数を投げさせる方針に出たようだ。

ざっと頭の中で計算をする。こんなときに、なまじ数学が得意だとやっかいだ。俺はもう一30球は投げてるはずだった。

セーフティバントだ！

ダッシュ！

が、足がもつれた。そのままグラウンドに転がってしまう。

ノーアウトのランナーを出してしまった。

「大丈夫《だいじょうぶ》か？」

みんなが集まってくる。

「大丈夫です」

俺《おれ》は、みんなを押《お》し返した。もう話をするのもしんどい状態だった。

それにしても暑い。今まで、一度だって試合中にそんなこと感じたことなかったのに、どうしてこんなに暑さが気になるんだろう。

ランナーのリードが大きい。盗塁《とうるい》を狙っているのかもしれない。

ファーストに牽制球《けんせいきゅう》を投げる。アウトにできるとは、俺も思ってはいない。文字通り牽制することが目的だ。それでもランナーのリードが大きいままだ。しつこい。イライラしてくる。

バッターに向けてストレートを投げ込《こ》んだ。

キン！

しまった、打たれた！

大きいぞ。ボールはレフトの深いところへ飛んでいった。

やった！　遠藤《えんどう》さんが捕《と》った！　フェンスにぶつかって遠藤さんが捕った！

「ナイスキャッチ！」

俺はレフトまで聞こえるくらいの大声で叫《さけ》んだ。

……遠藤さんが立ち上がらない。その間に、ランナーが二塁に進む。

やばい。大丈夫なのか？

レフトに向かって、二、三歩走り出したとき、ようやく遠藤さんが立ち上がった。

よかった。どうやら大丈夫なようだ。

本当に助かる。ウチの守備は本当にすごい。みんなのためにも、暑いだのなんだの言っている場合ではない。ぶっ倒《たお》れるまで、俺は投げ切ってやる。

〈小山〉

クソ、こいつらセコいな。

またバントの体勢だ。イガラシが突《つ》っ込《こ》んでくる。でもこいつらはバントをしない。ただマネだけ。イガラシを疲《つか》れさせようって魂胆《こんたん》だ。それはわかっているけど、突っ込んでくるのをやめたら、とっさにセーフティバントを決めてくるはずだ。その辺の技術は一流だから始末に悪い。

バッターボックスの藤田が、ニヤニヤと俺《おれ》を見ている。

「おたくのピッチャーずいぶん疲れてるみたいだな、代わりいるの？」

「ふん。まだまだ余裕《よゆう》だよ。そっちこそ夏に会ったときは、ずいぶん余裕そうだったけど、なんか必死になってねえか？」

俺は、精一杯《せいいっぱい》の嫌味《いやみ》を言ってやった。

「必死じゃねーよ。遊んでやってるんだよ」

「ウソつけ、2回以降、1点も取れてねーじゃん。青葉もたいしたことないな」

藤田の顔色が変わった。やっぱり相当焦《あせ》ってるようだ。ザマーミロ。カッカとして打ち損じやがれ。

試合は4対6のまま、いよいよ最終回に入っていた。この7回の表をなんとしても0点に抑《おさ》えて、その裏でサヨナラ勝ちを決めてやる。

藤田がまたバントの体勢に入った。イガラシがダッシュしてくる。

と思ったら、打った。ピッチャー返しだ！

球はイガラシに当たった。

落ちたボールを拾い上げ、イガラシがファーストに送る。アウト。

「大丈夫《だいじょうぶ》か！」

みんながイガラシのまわりに集まってきた。

「大丈夫です」

「どこに当たった？」

俺は、イガラシの右手を見る。右手の人差し指がみるみると腫《は》れ上がっていく。

「おいイガラシ、手が腫れてるって！」

「大丈夫です！」

イガラシは頑強《がんきょう》に言い張る。でも無理だ。この指でピッチャーができるわけがない。

「よし、僕《ぼく》が投げるよ」

谷口がきっぱりと言った。

それしかないか。不安はあるが、谷口以外に頼《たよ》れる奴《やつ》は、俺たちにはいない。

「よし、谷口で行くぞ！　お前らしまっていけよ！」

ここまできたら総力戦だ。俺は全員に気合いを入れた。


〈イガラシ〉


ちくしょう。ものすごく悔《くや》しい。

ファーストから、谷口さんのピッチング練習を見守る。

ベンチに下げようとする谷口さんに必死に抵抗《ていこう》して、俺はなんとか、ファーストに残してもらった。ピッチャーはできなくても、ファーストの守備なら大丈夫だし、バッティングなら、まだまだチームに貢献《こうけん》ができるはずだ。

それにしても、谷口さんの投球が気になる。

こんなものだったろうか？　谷口さんは、もっと鋭《するど》い球を投げられるはずだ。

その瞬間《しゅんかん》、5回のファールフライを思い出した。谷口さんは、ベンチに飛び込《こ》んでまでフライを捕《と》ってくれた。

あのとき、谷口さんもどこかを痛めたんじゃないのか？

絶対にそうだ。

フォームが不自然すぎる。たぶん指だ。指を痛めて握力《あくりょく》がでないから、無理やり腕《うで》の力で投げようとしている。

俺《おれ》は、自分の右手を見る。やっぱり俺も無理だ。もう親指の倍ぐらいまで、人差し指が腫《は》れ上がっている。こんなんじゃ、ボールをきちんと握《にぎ》れるかどうかも怪《あや》しい。人差し指を使わないで、緩《ゆる》いボールを投げるのが精一杯《せいいっぱい》だ。

谷口さんに任せるしかない。

あの人なら、きっとやる。だから、俺も絶対にあきらめるな。

俺は、自分に言い聞かせる。

俺たちは絶対に勝つ。絶対に、あきらめちゃダメだ！


〈谷口〉


絶対にあきらめるな。

自分に言い聞かせた。

「谷口さん、バックを信頼《しんらい》して、思い切り投げてください！」

セカンドから丸井の声が聞こえた。

そうだ。バックを信頼して、思い切り投げよう。

僕《ぼく》にできることは、それだけしかない。

青葉学院の４番、赤枝が打席に立っている。

赤枝。同じ野球部だったのに、僕にとっては雲の上のような存在だった。その彼《かれ》と、僕は今、ピッチャーとして対峙《たいじ》している。

右手の人差し指が痛い。

さっき、ベンチに飛び込《こ》んでファールフライを捕《と》ったときに、どこかにぶつけて、爪《つめ》を割ってしまったようだ。でも、気にしちゃダメだ。イガラシよりも、僕のほうがずっと軽いケガなのだから。

コーナーを丁寧《ていねい》に突《つ》くことだけを意識して、僕は投げ続けた。

ツーボール、ワンストライク。赤枝は、じっくり球を見ている。

第4球。内角の低めを狙《ねら》って投げた。

キン！　打たれた！

赤枝が打った球は、グングンとセンターへと伸《の》びていく。

センターの浅間が打球に向かって走る。そして飛んだ。

捕《と》った！　ダイレクトで捕った！　アウトだ！

「ナイスキャッチ！」

やっぱり僕たちはすごい。

考えてみれば、僕たちが決勝まで勝ち進んだということが、もうすでに奇跡《きせき》みたいなものだ。

もうとっくに奇跡は起きていたんだ。

いける、いけるぞ。仲間の力を信じろ！

最後の勝利は、間違《まちが》いなく僕たちのものだ。


〈詩織〉


なんだろう、この熱気。

球場全体が揺《ゆ》れているような気がする。中学生の地方大会なのに、なんでこんなに熱気があふれているんだろうと思う。

マウンドでは、谷口くんが投げている。

マネージャーで、素人《しろうと》のわたしの目から見ても、谷口くんの球は速くないと思う。もちろん、ケガをしたイガラシくんや松下くんよりはましなんだろうけど、とても青葉学院を抑《おさ》えられるとは思えない。

でも、谷口くんは投げている。

そして、みんなは必死に守っている。奇跡《きせき》のようなファインプレーをさっきから連発している。

捕《と》れるはずのない打球を、フェンスにぶつかってまで、みんなは捕ってしまう。もうケガすることなんて怖《こわ》くないと言っているかのようだ。

涙《なみだ》で視界がグニャリと歪《ゆが》み、わたしは試合を観ることができなくなってしまった。

声も出せない。

わたしは、みんなと同じように応援《おうえん》することができなくなってしまった。

できるのは、祈《いの》ることだけ。

目を閉じ、胸の前で手を組み、神様に祈る。

どうかみんなを勝たせてあげてください。

〈丸井〉

「最終回だ！　絶対にあきらめるな！　なにがなんでも出塁《しゅつるい》して点を取っていこう！」

円陣《えんじん》を組んで、谷口さんがみんなに気合いを入れた。

7回裏、いよいよ最後の攻撃《こうげき》だ。4対6。最低でも2点を入れて同点にしなければ、俺《おれ》たちは負けてしまう。

先頭打者の島田が打った。ああ惜《お》しい。打球はいい当たりだったけど、センターのファインプレー。やっぱり青葉の守備は堅《かた》い。

さあ、俺の番だ。

「丸井、行け！」

みんなの声援《せいえん》に背中を押《お》され、俺はバッターボックスへと向かう。

不思議と焦《あせ》りはなかった。野球部での楽しかったことばかりを思い出しながら、俺はバットを構えた。

「行くぞ！」

俺は大きな声を出し、気合いを入れた。なにがなんでも出塁《しゅつるい》しよう。フォアボールやデッドボールでもかまわない。とにかく出塁することが大事だ。

野球をやっててよかった。

バットを構えながら、唐突《とうとつ》に、そんなことを俺は思った。あのとき、野球部をやめなくて本当によかった。

キャプテン、ありがとう……。

こんな最高の場面で試合ができるなんて、どれだけ俺は幸せ者なんだろう。


佐野の第１球はストライクだった。

いい球だ。でも、間違《まちが》いなく佐野も疲《つか》れている。

第２球。俺は、思い切りバットを振《ふ》った。

打球は、フラフラと上がり、センター前にポトリと落ちた。ポテンヒットだ。

打球としては、打ち取られた当たりだった。

でも、かまうことはない。カッコ悪くたって、俺はかまわない。これが野球だ。どんな当たりでも、ヒットはヒット。

これでランナー一塁になった。

「さあ行こう！」

俺はファーストベースの上から大声を出した。

〈イガラシ〉


ふー、危ねえ。

俺《おれ》に打順が回ってこないうちに、あやうく試合が終わってしまうところだった。

やっぱり青葉は修羅場《しゅらば》をくぐっている。こんなギリギリの場面、普通《ふつう》なら浮《う》き足立って、普《ふ》段《だん》通りのプレーをするのも難しいのに、むしろ、青葉は最高のプレーを見せてくる。

丸井さんのヒットの後、高木さんの当たりも、完全にヒット性だった。それをライトが猛然《もうぜん》とダッシュして、ダイレクトで捕《と》った。まさか捕るとは思わなかったのだろう。丸井さんはスタートを切っていた。慌《あわ》ててファーストに戻《もど》って、本当にギリギリのセーフ。

これでツーアウト。

でも俺は、最後まで絶対にあきらめたりしない。俺はそれを学んだ。谷口さんから、そしてみんなのプレーから、俺は、それを学ばせてもらった。

「イガラシ、つないでいけ！」

ネクストバッターズサークルから、谷口さんの声が聞こえた。

わかってます。必ずつなぐから、後はよろしくお願いします。

俺は、谷口さんのピッチングを思い出した。気持ちがこもっていれば、結果がちゃんとついてくる。それを谷口さんは証明してくれた。あの谷口さんの球で、青葉を0点に抑《おさ》えたのは、本当に奇跡《きせき》だと思う。

気持ちを込《こ》めろ。結果は必ずついてくるから。

バットを構えながら、俺は思う。

キャプテン、ありがとう……。

墨谷で野球ができて本当によかった。墨谷でなければ、これだけの経験はできなかっただろう。俺は本当に幸せ者だ。

佐野の初球、俺は、思い切りバットを振《ふ》った。

よし！　打球がライト前へ抜《ぬ》けていく。

これで谷口さんにつなぐことができた。丸井さんがサードまで進んでいる。一塁《いちるい》、三塁。

谷口さんが、バットを持って、ゆっくりとバッターボックスに入った。

さあ、谷口さん、後はお願いします。

〈谷口〉

よし行こう！

僕《ぼく》は気合いを入れ、バッターボックスに立った。

「タカオ、がんばれー」

父さんの声がスタンドから聞こえてきた。

僕はスタンドを見る。父さんと母さんはもちろん、学校のクラスメイトや、野球部の先輩《せんぱい》たちの姿が見えた。

ベンチを見る。みんなが祈《いの》るような顔で僕のことを見ている。すごく不思議な気分だった。どういうわけか気持ちが落ち着いている。スタンドやベンチのみんなの顔がはっきりと見えた。

佐野が第1球を投げた。

僕は見逃《みのが》す。いい球を投げるなと思う。

佐野の2球目。カーブでストライク。一時は浮《う》き足立っていたようだったけど、ここへきて佐野は落ち着いてきたようだ。

でも、大丈夫《だいじょうぶ》。僕だって落ち着いている。
3球目はボールだった。これでワンボール、ツーストライクになった。
打てる。不思議な確信があった。
みんな、ありがとう……。
見ていろ。これが僕の最後のバッティングだ！
4球目。低めのストレート。
よし！
思い切り、僕はバットを振った。

〈**イガラシ**〉

カキーーーーン！
谷口さんの打球が右中間に飛んでいった。

行け！

心の中で叫《さけ》んだ。ツーアウトだから、もちろん打つと同時に走り出している。

サードランナーの丸井さんがホームインしたのが見えた。これで1点差だ。

「イガラシ！　走れ！」

サードのランナーコーチが腕《うで》をグルグル回している。

行け！　ためらうな！　このままホームインだ！

サードベースを回るとき、チラリと見ると、もうボールが、中継《ちゅうけい》のセカンドに戻《もど》ってきていた。いい連係プレーだ。

でも俺《おれ》は負けない。俺の目には、もうホームベースしか見えていなかった。

相手のキャッチャーが捕球体勢《ほきゅうたいせい》に入っている。

行ける！

同点だ！

頭から滑《すべ》り込《こ》んだ。ホームベースに思い切り手を伸《の》ばす。

どうだ？

「アウト！」

頭上からそんな声が聞こえた。信じられなかった。

でも……。

俺の指先は、ぎりぎりでホームベースには届いていなかった。スタンドの歓声《かんせい》やみんなの声が、どこか遠くへと行ってしまった。

〈**谷口**〉

青葉学院の連中が集まって喜びを爆発《ばくはつ》させている。

僕《ぼく》は、そんな彼《かれ》らをかき分け、ホームベースへと向かった。

「イガラシ！」

イガラシは、ホームベースに滑《すべ》り込《こ》んだままの体勢だった。

「イガラシ、ナイスラン！　ナイスファイトだったぞ！」

イガラシが動かない。

「イガラシ、もういいんだ。さあ起きて」

ようやく顔を上げたイガラシの目に、涙《なみだ》があふれていた。

イガラシの涙を見るのは初めてだった。チームの誰《だれ》よりも野球がうまくて、いつも自信にあふれていたイガラシが見せた、これが初めての涙だった。

「さあ、イガラシ起きて」

けれどイガラシは動かない。ただ、つらそうな顔で、僕のことを見ている。イガラシの悔《くや》しさが伝わってくる。もちろん僕だって悔しい。でも、悔いはなかった。間違《まちが》いなく僕たちは、青葉学院と全力で戦った。すべてを出し切ったと、自信を持って言い切ることができる。

「やるだけのことはやったんだ！　さあ立って」

そう言って僕は、イガラシを立たせた。そして気がついた。泣いているのはイガラシだけじゃなかった。みんなが涙を流していた。そして僕も……。

でも、僕はキャプテン。泣いている場合なんかじゃない。

「お前たちには、まだ次がある。それに向かってがんばればいいんだ」

大きな声で、僕は1、2年生を励《はげ》ました。

「ハイ……」

「さあ、みんな胸を張って！　堂々と試合後の挨拶《あいさつ》をしよう！」

なんだかとてもスッキリとした気分だった。僕たちは間違いなく、全力でプレーをした。思い残すことなんて、何一つなかった。

「ありがとうございました！」

胸を張り、精一杯《せいいっぱい》の大きな声で僕たちは挨拶をした。

僕たちの夏は、これで終わった。


〈谷口〉


今日は夏休みの最後の日だ。そしてそれは、僕《ぼく》たち3年生にとっては、野球部を引退する日でもある。僕たちはユニフォームを着ないで、2年生と1年生たちの前に立った。

「みんな、今までありがとう。みんなのおかげで、とても有意義な野球部の生活を送れました。えっと……、だから、決勝で負けてしまったのは残念だったけど——」

最後の挨拶《あいさつ》を、みんなの前でする。でも、最後まで挨拶は苦手だった。いろいろと考えてきたのに、いざこうしてみんなの前に立つと、やっぱり僕は、しどろもどろになってしまう。なんとか話を終え、あとは、次期キャプテンを発表するだけになった。

「――次のキャプテンは丸井にやってもらう！」

丸井のポカンとした顔が見える。ちょっと吹《ふ》き出しそうになった。

「みんなは丸井新キャプテンのもと、力を合わせて新しい墨谷野球部を作っていってほしい。以上だ」

「いや、あのちょっと待ってください！　俺《おれ》……じゃなくて、ホントに僕でいいんですか？」

丸井が慌《あわ》てて言った。その表情が、本当に困っているようだった。

「もちろん。なにか問題ある？」

「いや、問題っていうか……あのですね……」

「うるせーな！　俺たちの決めたことに文句あんのかよ！」

僕の後ろから松下が大きな声を出した。

「いえ、ありません！」

「だったらお前がキャプテンだよ！　わかったか！」

「ハイ！」

丸井は、直立不動の姿勢になって返事をした。僕たちは声を合わせて笑った。

「じゃあ丸井、さっそく就任の挨拶をして、それから練習を始めてくれ。たった今から丸井が野球部のキャプテンだから」

そう僕は言って、他の3年生たちと一緒《いっしょ》に歩き出した。

「えーと、じゃあ、俺が新しくキャプテンになった丸井だ――」

そんな声が背後から聞こえてきた。

なんだかぎこちなくておかしい。でも一年前の僕よりは、はるかにましだなと思う。

グラウンドを出て、校門へと向かう階段を上っていく。背後から、野球部独特の声出しが聞こえて、練習を始めた様子が伝わってきた。

振《ふ》り返ってグラウンドを見る。

新しい墨谷野球部の活動が始まっていた。

墨谷二中に転校してきて、本当によかった。すべては、ここから始まったんだなと思う。

みんな、がんばれ。

僕は、心の中で、精《せい》一《いっ》杯《ぱい》のエールを後《こう》輩《はい》たちに送った。

エピローグ

「おい谷口《たにぐち》！」

背後から小山《こやま》の声が聞こえた。すべてを終え、僕《ぼく》は一人で帰るところだった。

「どうしたの？」

「別にたいした用じゃないけど……、ただなんとなくさ」

そう言って小山は、僕と並んで歩き出した。

確か小山の家は反対方向だ。だから、練習が終わってから、小山と一緒に帰ったことは今まで一度もなかった。

どうしたんだろうと、小山の横顔を見る。

けれど、小山はなにも言わずに、ただ僕の隣《となり》を歩いているだけだ。

「なあ、小林詩織《こばやししおり》って、絶対にお前のこと好きだぜ」

小山が突然《とつぜん》、そんなことを言い出した。あまりにも突拍子《とっぴょうし》のないことだったので、僕はポカンとしてしまった。

「なんで？」

「なんでって、お前もそう思ってるだろう」

「いやいやいや、全然」

小山が笑い出した。

「お前って、ホントにそういうことに鈍《にぶ》いよな。間違《まちが》いないって」

「そうなの？　……そんなことないと思うけど」

「そうだって！　でも、あんまりのんびりしてると、松下《まつした》に取られちまうぞ」

さらに意味のわからないことを言い出したので、僕はマジマジと小山の顔を見てしまった。

「そうなの？」

「そうだよ。最近、松下はしょっちゅう小林と話してるだろう？」

「……全然気がつかなかったけど」

小山が、本当に楽しそうに僕の顔を見ている。

「お前って、ホント野球だけなんだな。他のこととかに興味ねーのかよ？」

「いや興味って言われても……」

なんて答えていいのかわからない。確かに今のところ、野球以外に興味のあるものなんて、僕にはなかった。

「なあ……」

突然、小山ががらりと話題を変えた。

「なあ、野球部楽しかったよな」

今までに見たことのないようなまじめな顔を、小山はしていた。

「うん。楽しかった」

素直にそう答えた。

「俺《おれ》さ、谷口とはいろいろあったけど、谷口と野球やれてよかったと思ってるよ。それにさ、俺たちってかなりすごいよな」

「うん、すごい」

僕は笑って答えた。ひょっとして小山は、このことを伝えるために、追いかけてきてくれたのかもしれない。そう考えると、僕は無性に嬉《うれ》しくなってしまった。

「ありがとな。マジで楽しかったよ」

「いや、こっちこそありがとう。ホントに、みんなのおかげだと思ってる」

そう答えながら、泣きそうになってしまった。

どうして僕はこんなに涙《なみだ》もろいんだろう。少しはこらえなくちゃ。あんまり何度も泣いていたら、きっと笑われてしまう。

「あの青葉《あおば》と、俺たち決勝でいい勝負したんだもんなあ。最高だよ」

「うん」

もうダメだ。僕はさりげなく鼻をすすった。

「おい待てよ!」

松下の声が聞こえた。振《ふ》り返ると、松下が追いかけてきていた。

「なにとっとと帰ってんだよ。待てよ」

「どうした松下?」

小山が尋《たず》ねた。

「いや、ちょっと谷口に用があったんだけど、なんでお前がここにいんだよ?」

「いちゃ悪いか? 松下、お前、ひょっとして恋《こい》のライバルにケンカでも売りにきたのか?」

「はあ? なにわけわかんねえこと言ってるんだ。違《ちが》うよ。俺はただ谷口と、野球部の話でもしようかと思って追っかけてきたんだよ」

「ウソつけ」

「ホントだよ。じゃあお前は、こんなとこで谷口となにしてんだよ?」

小山が黙《だま》ってしまった。僕としんみりと野球部の話がしたかったなんて、小山が言うわけがない。

松下が先に口を開いた。

「とにかく俺は、谷口と青春トークがしたかったんだよ。野球部、楽しかったよなって」

僕は吹き出してしまった。僕や小山と違って、松下の性格は、本当にストレートでうらやましい。

「だって青葉は全国優勝したんだぞ。その青葉を、いちばん苦しめたのは墨谷二中《すみやにちゅう》なんだから、ある意味、俺たちは『全国で2位』ってことにならないか」

「なる！　俺たちは全国2位だ！」

「確かに。そういう考え方もできるね」

小山と僕は笑いながら答えた。

「本気でやれば、ここまでのことが、できるんだな」

松下が急にしんみりとして、空を見上げて言った。

僕も小山も、つられて空を見る。暑さはいくぶん和らいだけど、まだまだ夏の空が大きく広がっていた。

「ありえないほど練習したけど、ちゃんと結果がついてきたもんなあ」

「ホントだよな。やればできるもんだな」

松下と小山の声が、なんだかいつもと違って聞こえた。

僕もなにかを言おうと思ったけど、胸がいっぱいで言葉が出てこなかった。

野球を続けて本当によかった。全力で挑《いど》んだからこそ、これだけの結果と素晴らしい仲間が得られたんだと思う。

本気でやれば、きっとできる。

それを僕たちは学んだ。これからも、それを信じて、何事にも全力でぶつかっていこう。

まずい、また泣きそうになってきた。

鼻の奥《おく》がツンとして、なんだか痛い。涙が出ているかもしれない。そっと松下と小山の横顔を見る。泣いているのを見られたら、絶対に笑われる。

「おう、そこのコンビニに寄ってかねーか。そんでジュースで乾杯《かんぱい》でもしようぜ」

松下が少し先にあるコンビニを指さして言った。

「よし、そうしよう！」

僕はそう答え、コンビニに向かって走り出した。

「なんで走ってんだよ？　待てよ！」

小山の声が背中から聞こえた。

でも、聞こえないふりをして、僕は走り続けた。
走りながら、そっと涙をぬぐう。
コンビニの自動ドアの前に立つ。ドアが開き、僕は中に飛び込《こ》んでいく。
そのタイミングで、僕は汗《あせ》をふくふりをして、さらにグイッと涙をぬぐった。

〈谷口編・おわり〉

○ちばあきお
本名・千葉亜喜生。1943年生まれ。『サブとチビ』（なかよし）でデビュー。『キャプテン』（月刊少年ジャンプ）で、野球マンガの新境地をひらく。『キャプテン』、『プレイボール』（週刊少年ジャンプ）で、第22回小学館漫画賞を受賞。1984年没。享年41歳。

○山田明
1965年生まれ。関東学院大学経済学部卒。『マラバ・テマルとの十四日間』（リンダパブリッシャーズ）で、第2回日本エンタメ小説大賞優秀賞を受賞。『トカレフクラブ』で、第2回松田優作賞準グランプリを受賞。

キャプテン　君は何かができる

2017年3月21日　第1刷発行
2022年12月15日　第9刷発行

原作　ちばあきお
小説　山田明
発行人　土屋徹
編集人　代田雪絵
企画編集　安藤聡昭
　目黒哲也

発行所　株式会社Gakken
〒141-8416　東京都品川区西五反田2-11-8
印刷所　大日本印刷株式会社

この本に関する各種お問い合わせ先
●本の内容については、下記サイトのお問い合わせフォームよりお願いします。
https://www.corp-gakken.co.jp/contact/
●在庫については　Tel 03-6431-1197（販売部）
●不良品（落丁、乱丁）については
Tel 0570-000577
学研業務センター
〒354-0045　埼玉県入間郡三芳町上富279-1
●上記以外のお問い合わせは　Tel 0570-056-710（学研グループ総合案内）

ISBN 978-4-05-204596-7　NDC913　340P